WIND
風配図
皆川博子
Hiroko Minagawa
ROSE

河出書房新社

WIND ROSE

主な登場人物

ヘルガ・オーラヴスドーティル……ゴットランドの少女。

アグネ・ソルゲルスドーティル……ゴットランドの少女。ヘルガの義妹。

オーラヴ・セグンスソン……ヘルガの父。ゴットランドの有力な農民。

エイリーク・オーラヴスソン……ヘルガの長兄。

カルル・オーラヴスソン……ヘルガの次兄。

ソルゲル・ボズヴァルスソン……アグネの父、ヘルガの義父。ゴットランドの有力な農民。

エギル・ソルゲルスソン……アグネの兄。ヘルガの夫。

ビョルン……アグネの曾祖父。

ギースリ・イングヴァルスソン……アグネの母方の従兄。

グンナル……ヴィスビューの富商の甥。

＊

ヨハン……リューベックの商人。ゴットランド近海で遭難。

ヒルデグント……リューベックの商人。夫に代わり商業に携わる。

オルデリヒ……リューベックの豪商。ヒルデグントの兄。

ヴァンダ……ヨハンの妻。
ヤーコプ……ヨハンとヴァンダの息子。

＊

ユーリイ……ノヴゴロド・リュジン区の若い商人。
マトヴェイ……ユーリイと共に育った完全奴隷《ホロープ》。

ヴァシリイ……リュジン区の富商。ユーリイの父。
ネジャタ……リュジン区の大貴族。
ミトロファン……ノヴゴロド・ネレフスキー区の富商。イヴァン商人団の統率者。
ザハリア……ノヴゴロドの市長。ネレフスキー区の大貴族。
スヴャトスラフ……ノヴゴロド公。キエフ大公ロスチスラフの次男。
ムスチスラフ……ウラジーミル・スズダリ公の甥。
グリゴリー……リュジン区のイコン絵師。
ステパン……グリゴリーの弟子。
イリヤ……ヴァシリイのホロープ。
ニーナ……農家の娘。イリヤの妻。

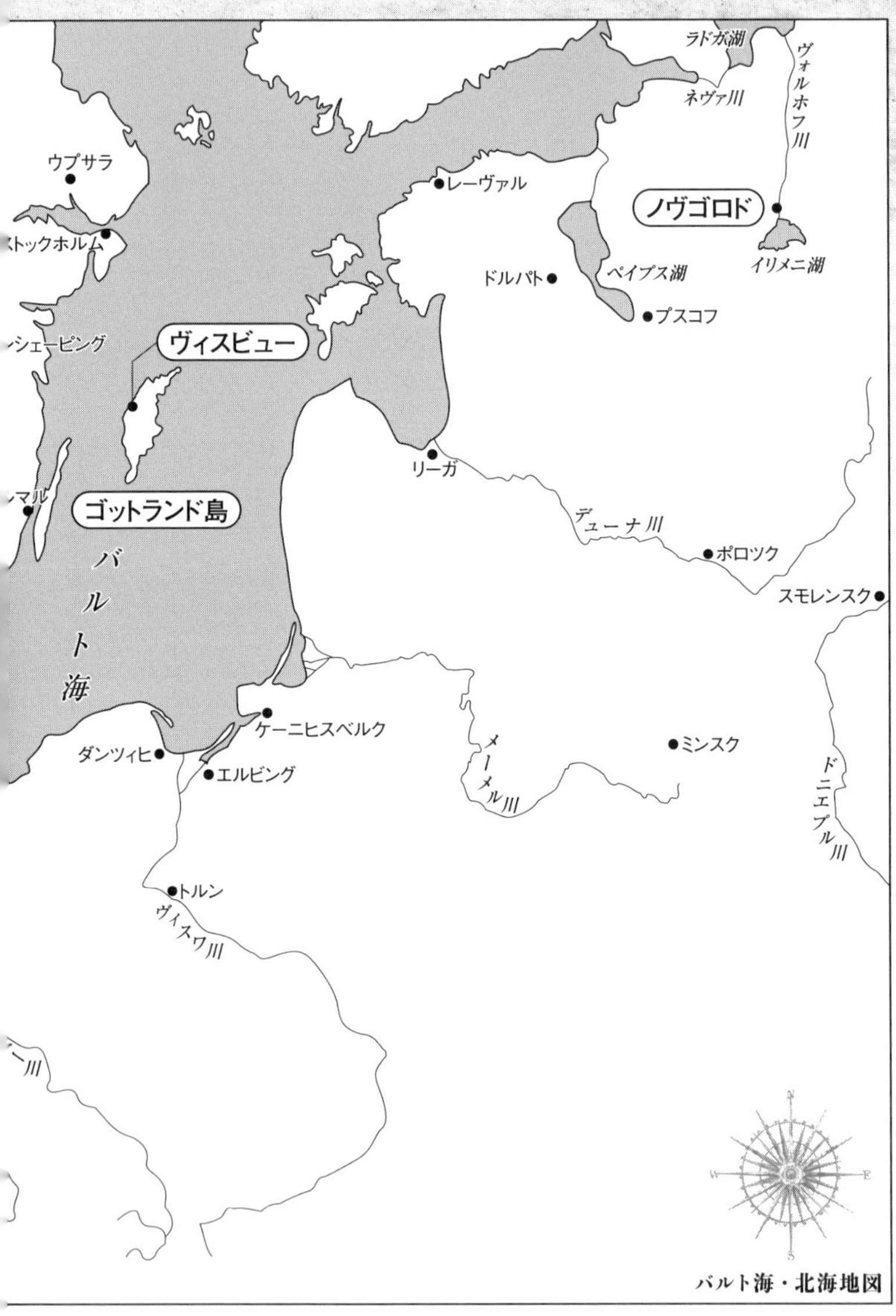

ラドガ湖
ヴォルホフ川
ネヴァ川
ウプサラ
レーヴァル
ノヴゴロド
ストックホルム
ドルパト
ペイプス湖
イリメニ湖
プスコフ
シェーピング
ヴィスビュー
リーガ
マルム
ゴットランド島
デューナ川
ポロツク
バルト海
スモレンスク
ケーニヒスベルク
ダンツィヒ
ミンスク
メーメル川
エルビング
ドニエプル川
トルン
ヴィスワ川

バルト海・北海地図

ベルゲン
オスロ
北海
コペンハーゲン
シュトラールズント
リューベック
ロストク
ヴィスマル
ボストン
ハンブルク
ブレーメン
リューネブルク
エムス川
ヴェーザー川
アムステルダム
ロンドン
エルベ川
ブルッヘ
ヘント
アントウェルペン
ケルン
マース川
ライン川
フランクフルト
セーヌ川
パリ

ノヴゴロド周辺図

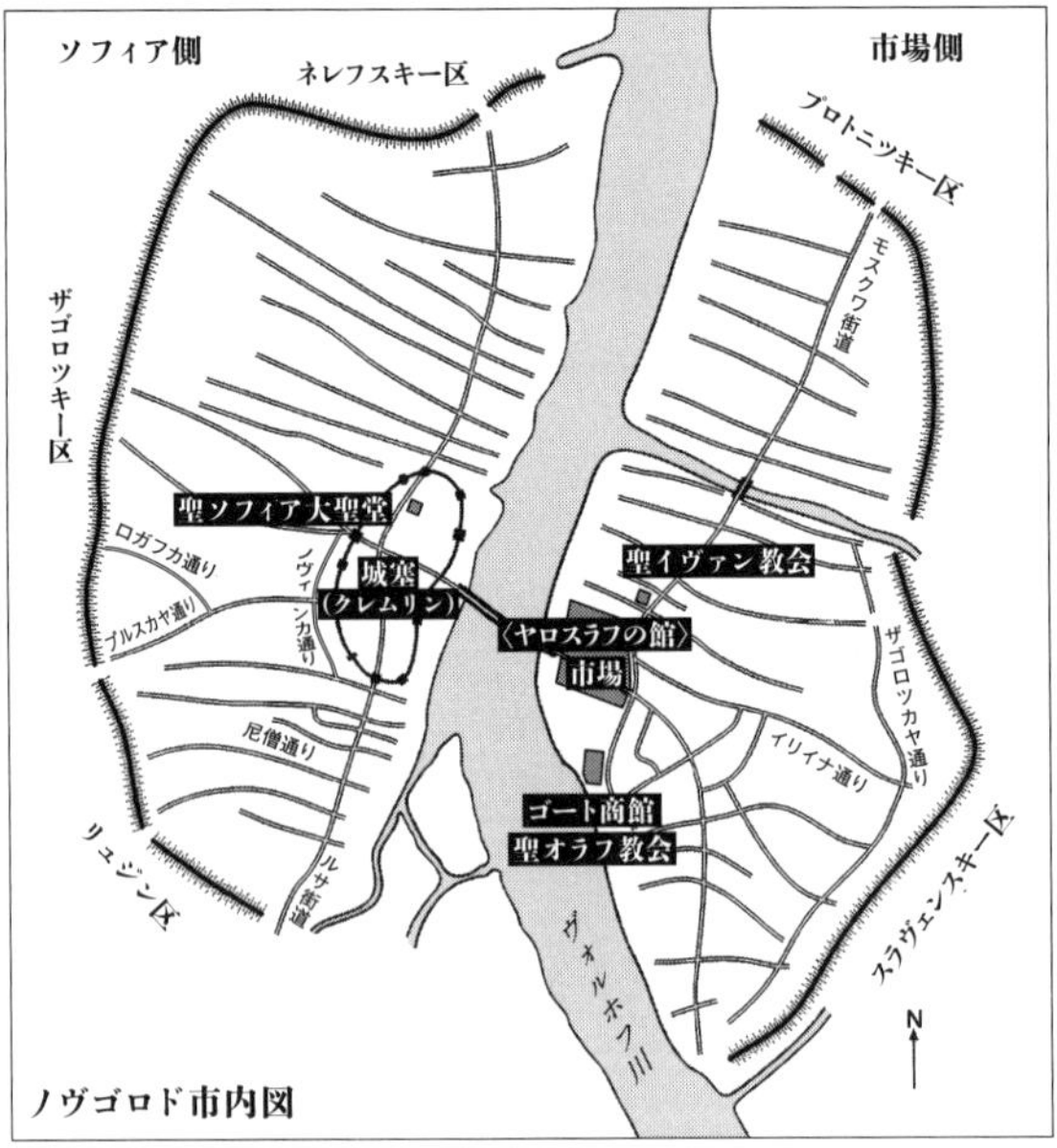

ノヴゴロド市内図

風配図

WIND ROSE

われその船《ふね》を泛《うか》べばや
われその水《みづ》を渡《わた》らばや
しかず纜《ともづな》解《と》き放《はな》ち
今日《けふ》は和子《わくご》が伴《とも》たらん

――「海の聲」伊良子《いらこ》清白《せいはく》――

1

婚礼の宴《うたげ》は二日目も続いた。儀式はヴィスビューの教会で昨日行われた。家に戻ってからの祝宴には司祭も同席したが、異教の名残を感じ不安になったか、早々に辞した。馬なら一走りの道のりだ。リンシェーピングの司教の巡察が近い。それを迎える準備に忙しいという口実もあった。

母屋《スカーリ》の中は鯨飲する男たちの臭いが充ち、床には食い散らした肉の骨が散乱する。両の壁に沿って据えられたベンチを兼ねる長櫃《ながびつ》に酔いつぶれ寝倒《ねたお》れたものたちの鼾《いびき》が騒々しい。

山羊の膀胱《ぼうこう》を幕代わりに張った天窓から西に傾きはじめた五月の陽光が差し込むが、室内の隅々までは届かない。獣脂に浸した灯芯が悪臭を放ちながら燃え、わずかな明るみをもたらす。半球形の容器を支えるのは、土を固めた床に突き刺され直立する鉄の燭台の、螺旋《らせん》状にねじれて枠を作る先端である。

アグネは床に屈《かが》みこみ、骨を拾い集め手籠《てかご》に入れる。

一方の壁沿いの中央に設けられた高座《オンドヴエギ》に傲然と腰を据えた父が、アグネの視野に入る。父ソルゲルのほかに座すことを許されない高座に、隣の席の兄エギルがもたれて眠っている。エギルは、昨夜はヘルガと明け方まで二人きりで過ごした。二人のために母屋に続く住まいが新たに造られている。母屋の四半分もない小屋だが、新しい木の香りがさわやかだ。

父の高座と炉を挟んで向かい合う客人用の高座を占めているのは、ヘルガの父親だ。アグネの父は衣の上からでも筋肉の盛り上がりがわかるが、ヘルガの父親オーラヴは贅肉がたるんでいる。二人のあいだに、親密なようで緊張した気配をアグネは感じる。家格も所有地の広さも同等なのだが、互いにわずかでも優位に立とうとしているような。

どちらの高座も両脇に柱を持つ。柱の表面の浮き彫りは、今では禁じられている北の古い神々の姿である。

ヘルガの長兄と次兄が、父親を護衛するように、両側の柱の傍らに座を占めている。どちらも白目の血の脈が赤らみふくれてはいるものの、酔い乱れてはいない。正体なく寝腐《ねくた》れている己が息子エギルを、父ソルゲルは苦々しく思っているようだ。

建物の造りは素朴だが、高座や長櫃の上に敷かれた毛皮は一族の富をあらわす。かつて祖が武器を携《たずさ》え長大な船で海を渡り、星より遠い東の異国から持ち帰ったタペストリが壁を飾る。長い歳月に色《いろ》褪《あ》せたとはいえ、金糸銀糸を織り込んだ豪奢《ごうしゃ》なものだ。

アグネの父ソルゲルの一族、ヘルガの父オーラヴの一族、その縁者知人らもうち集《つど》い、酔い喰らっているのは男ばかりで、女たちは忙しく立ち働く。

細長くのびた長櫃の列の隅に、ぼろ布の塊のように横たわっているのは、父の祖父である。父の父母——アグネの祖父母——はすでに土の下に在《あ》る。上掛けの裾をアグネはめくり、打ち上げられた流木のような両脚の間が汚れていないのを確認した。曾祖父が何か言った。アグネは顔を近づけた。男たちの発する臭いとは異なる、いっそう不愉快な臭いが曾祖父のまわりに漂う。死に近いものの臭いだと、アグネは思う。のび放題の白茶けた髭に埋もれた薄いくちびるが、わずかに動いた。荒れる、というふうに聞こえた。

気にとめず、骨を集めた籠を抱えて外に出た。地に放る。犬たちがわらわらと集まり、争奪する。

畜舎と鍛冶場が付随した母屋を中心に、広大な農場《ブール》に十数棟の小屋が散在する。めでたい祝宴の最中であろうと、下働きの者たちに休息はない。羊の毛を刈る時期である。羊や牛や馬の数が増えたのは、ヘルガが持参したからだ。

小屋の壁、屋根、柵などの一部は真新しい。冬の風雪に傷んだ箇所を修繕したばかりだ。

次の冬に備えての干し草つくりは、夏の始まりと同時に、もう開始されている。

ヘルガは、アグネの母の傍らにいた。鍵の束を腰帯に下げた母は、機織《はたおり》小屋の中をヘルガに見せていた。ヘルガはさして興味もないふうだ。ヘルガの父の農場でも同じことが行われている。男たちが刈りとった羊の冬毛を、女たちが紡ぎ、織る。結婚したところでヘルガの暮らしに何も大きな変化はないのだと、アグネは思う。居場所が移るだけだ。二つの一族の結びつきを強化し勢力を増大させる。そのために——そのためだけに——女の子は結婚させられる。誰に教えられたともなく、アグネはそれを知っていた。

ヘルガの脇にアグネはそっと立った。十二歳のアグネの目に、三つ年上のヘルガはすばらしく大人に映る。

一昨日——婚礼の前の日、ヘルガはこの家に馬で到着し、女にだけ強《し》いられることをやらされた。取り憑いているかもしれない悪魔や悪い力を祓《はら》うために、蒸し風呂に入るのである。男には悪魔は取り憑かないのか。狭い小屋の中で火の塊みたいに熱くした石に水を掛ける。立ちこめる湯気のなかに、ヘルガと一緒にアグネも入った。ほかに数人の女の子も。婚礼のとき花嫁に付きそう役のものは皆、清らかにならねばならない。熱い靄《もや》のなかで、くすくす笑いが行き交ったのだった。古い神々を崇めていたころから続く慣習は、崇める対象が変わっても禁じられてはいない。その後、ヘルガの長く垂らした髪は結《ゆ》い上げられ、うなじが露わになった。髪を結ぶのは働き者の良き〈主婦《フースフレイヤ》〉の象徴だと、これもアグネは知っている。

杼《ひ》が走る。

ヘルガの手に指を絡めてみた。強く握り返された。視線を上げる。少し怖いと思っていたヘルガの眦《まなじり》が、やわらかみを帯びた。そう、アグネは思った。機を織る女たちに母が何か注意している間に、アグネとヘルガは共犯者の視線を交わし、手を取りあったまま走り出た。銀に碧《みどり》色の石を嵌《は》めた留め金が、ヘルガの胸元で陽の光を照り返す。

緑がみずみずしい林を背に、ゆるやかに起伏する牧草地を走る。すでに毛を刈られて貧弱な姿になった羊たちがそこここで草を食《は》む。

丘の中腹に立つと、鎌の刃のように湾曲した浜が見渡せる。海の向こうは、ウプサラやリンシェーピングのような街のある陸地だけれど、目に入るのは海と空ばかりだ。アグネは、自分が住むのがゴットランドと呼ばれる島であることもほとんど意識していない。

浜の南端は聳《そび》える断崖に断ち切られる。

海鳥の産卵期だ。一端を懸崖《けんがい》の上に、もう一方の端を腰に結んだ長い綱を頼みに男たちが、岩棚の巣を探り卵や羽毛を集めている。光の縞《しま》が空を裂く。海鳥だ。ヘルガの父の所有地は海に面していないので、この光景は珍しいようだ。熱心に眺めているので、アグネは嬉しくなる。

浜には船小屋が幾つかあり、その傍《そば》の丸太を組んだ干し場には鱈《たら》がびっしりと吊り下がっている。船を漕ぎ出し収獲するのは男たちだが、一匹ずつ丹念に鱗をこすり落とし、頭を断ち切り、腹を割いて内臓を掻き捨て塩水に漬け込み、二匹の尾を細縄で結び桟《さん》に掛け天日に干す、指の先がふやけるこの厄介な作業は、女や子供の役目だ。アグネも、いやというほどやらされた。いま隙間なく吊り下がっているのは、その成果だ。ヘルガにしてみれば楽しくはない仕事が一つ増える。卵採りのほうが面白そうだね、とヘルガは言った。

面白いよ。風が強いときはちょっと怖いけれど。

海になりたい、とヘルガは呟《つぶや》いた。

右手――北――に目をやれば、ソルゲルやオーラヴの一族よりもさらに富裕な人々が住む平地がひろがる。ヴィスビューと呼ばれる一帯だ。

ヴィスビューの富豪たちは、広い農地を経営するとともに異国との交易にも力を入れている。異国に船を乗り出し、異国からの船を迎え入れる。人の一生ほどにも長い冬のあいだ仮死の状態にあった船たちは、夏、一斉に帆をかかげる。

ヴィスビューの港には、粗末な木の桟橋《さんばし》が幾つかのび、繫留《けいりゅう》された小舟が揺れている。水深が浅いので、交易船は沖で帆を下ろし、碇泊《ていはく》する。小舟が行き交い、荷担ぎの男たちで桟橋のあたりはごったがえすだろう。

異国からきた船乗りたちは、天幕を張って寝起きするだろう。そうして、市《いち》が立つだろう。ソルゲルの一族もオーラヴの一族も、自家製の乳酪や鍛冶場で作った農具、武具などを荷車に積みこみ、牛馬に牽《ひ》かせて市に運ぶだろう。さらに、ソルゲルの男たちは海の産物、オーラヴの男たちは石切場から切り出した石灰岩を特産として運ぶだろう。ノヴゴロドからの船がもたらす高価な毛皮や蜜蠟《みつろう》も入手するだろう。石切場はソルゲルの領内にはない。オーラヴの石工は巧みに洗礼盤を造るので、海の向こうからきた商人たちに買われもする。

武具をととのえ喫水《きっすい》の浅い長い船で海に乗り出し、東の大陸に渡り、その奥地まで突き進んだヴァリャーグ(ヴァイキング)の行為は百年も前に終焉し、船の形も変わり、ソルゲルの一族は海洋活動からは手を引いていたが、ヴィスビューの富商たちは危険も大きいけれど収益も莫大な異国との交易網を拡大している。もはや襲撃や掠奪《りゃくだつ》は伴わない穏当な取引である。

ゴットランドとノヴゴロドは関わりが深い。アグネが生まれてもいないころから、互いに商館をおき交易の拠点としている——木造の小さい建物ではあるが——。同じキリスト教でも宗派が異なるので、それぞれのための教会もある。ノヴゴロドは正教でありローマ教皇の権力が及ばない。去年の夏の初め、前もっていろいろ取り決めるためか、それとも父が招待したのか、ノヴゴロドの商人が数人、ソルゲルの農場を訪れた。その中の一人にアグネは心惹かれた。彼についてアグネが知るのは、若くて容姿がよいということだけだが、十一の女の子にはそれで十分だった。ノヴゴロドの船はもうヴィスビューに入っているのだろうか。あの若い男は今年もくるだろうか。

不意打ちのように、突風が二人を襲った。風は海を裏返した。足元が浮くアグネを、ヘルガが抱き留めた。いったん沖に引いた波は、水平線に近づきつつある太陽を隠してそそり立ち、岸に覆い被さった。

断崖で卵を採っていた男たちは、狼狽《うろた》えながら崖の上によじ登る。一人が海に落ちるのを目の端に見た。

ぴしっと頬に礫《つぶて》が当たった。風ではね飛んだ小石か。いきなり、夜の暗さだ。母屋に向かって駆ける。

幾重にも密集して走る黒雲は、原野を踏みにじる軍団の、奔馬の群れを思わせる。礫が頬を打つ。大粒の雨か。雹《ひょう》か?

男たちが羊を集め、畜舎に押し込む。

母屋にたどりついた。

煙出しの穴を男たちが獣皮で塞《ふさ》いでいる。隙間から風は吹き入り、獣脂蠟燭の弱々しい灯を容赦なく消した。夫になったエギルが母屋にいるので、ヘルガもそのままとどまった。アグネは自分の寝床の半分をヘルガに提供した。寄り添って横たわる。

嵐の季節ではないのに。

冬が立ち戻ったか。

男たちの声が、闇の中を行き交う。

雷神《トール》の怒りだ。いささかの畏怖を交えた声が言う。

海を隔てた西の陸地でもっとも大きな街ウプサラの、聖堂が立つ場所は古い神々の神殿を壊した跡地だという。

ヴィスビューに木造の小さい教会が建てられたのはいつのことかアグネは知らないが、古い神々しかいなかった時代に生まれ育った曾祖父は洗礼を受けていないらしい。何か不祥事があるごとに、ビョルンのせいだと囁《ささや》かれる。

ビョルンはエギルとヘルガの結婚が気に入らないのだ。囁き声は激しい風に紛れる。ぶち壊してくれと、ビョルンがトールに願ったのだ。アグネの祖父さえ生まれていなかったころ、アグネたちの祖とヘルガたちの祖は不仲であったという。武器を取っての激しい争いもあった。ビョルンが隻眼なのは、幼かったそのとき、敵の礫を受けたためだとも言われる。正確なことはアグネは知らない。大人に訊《たず》ねると、それぞれ違うことを言う。からかわれているとわかり、訊《き》くのをやめたのだった。

壁が揺れる。悲鳴のような音とともに天窓から水の束がなだれ落ちた。一瞬の稲妻が、裂けて垂れた幕を見せつけた。

夜が明ける。土の床を泥沼にして嵐は鎮《しず》まった。

足は泥まみれ、上半身は衣ごとずぶ濡れで、皆、外に出る。太陽を浴びる。ソルゲルが先立って点検してまわる。牧草は倒れ伏し、木々の梢は折れ、修理をしたばかりの小屋小屋は冬の被害を再現していた。納屋《なや》の屋根も一部が飛び、干し草の山は濡れ通って潰れていた。

磯浜を見下ろせば、干し場の柱や桟は倒れ、夥《おびただ》しい干鱈《ひだら》は水浸しになって散乱していた。柱の下敷きになったものは形が崩れている。形は無事でも、洗いなおして干したら味が落ちる。来たる冬の食糧として備蓄する干鱈だが、余剰は市に出す。これでは売り物にならない。

だが、男たちの目は耀いた。浜に向かって走る。

トールは、荒れ狂った代償に、素晴らしい贈り物をソルゲルの一族に恵んでくれた。それとも、主イエスか聖母さまかあるいは守護聖人がお恵みくださったのか。

破れた帆布が波の上に広がり、大きくうねっていた。帆桁《ほげた》を括《くく》りつけたまま根元近くから折れた帆柱は、十字架を思わせた。

舳先《へさき》が割れ目に食いこむほどに帆船を断崖に叩きつけた力は、アグネにはトールのものとしか思えなかった。北の神々は、まだ屈服していない。

打ち寄せる巨大な波は、さまざまなものを浜に残して、引く。甲板《かんぱん》や舷側はばらばらの板だの棒きれだのになって漂う。積荷の多くは水の底だろう。水深はさほど深くない。引き潮だ。やがて姿を現すだろうがそれまで待ちきれず、男たちは潰れた船小屋から潰れてはいない小舟を引きずり出し、獲物が沈んでいるであろうあたりに向かって漕ぎ出す。綱を腰に巻きつけ冷たい水に潜る。

ソルゲルが総指揮をとるが、ヘルガの父オーラヴもその傍らに立ち、自分の男たちに指図する。ヘルガの二人の兄も親族の男たちも付き従ってきた従者たちも、収奪に加わる。

帆柱の先端から引き千切られ波に漂う旗によって、ノヴゴロドの船ではないことがわかる。初めて見る旗だ。船の乗り組みであろう男たちの屍体も浮き沈みする。波に運ばれ浜に置き去られた骸《むくろ》もある。からだを調べ、価値あるものを身につけていれば収得する。銀の腕輪だの、銀貨をおさめた小さい革袋だの。高価な布地で作られた服の幾つかは、丁寧に洗って干せば美麗さを取り戻すだろう。

荷車だの土橇《どぞり》だのに、外側が傷だらけでも破損は免れた樽や梱《こり》を積み込み、馬も人も総がかりで納屋の近くに運び上げる。中身を確認する。水がしみ通っていない塩の樽はこよなく喜ばしい。重い梱には銀貨や銀の棒、天秤が一緒に収まっている。琥珀《こはく》はノヴゴロドの商人が喜んで買い取るだろう。

浜に頭を突き出した岩を抱きかかえた形で倒れている骸の傍に、ヘルガが屈みこんでいる。

何か、いいものを持っている？　アグネは近寄って訊いた。

振り向いて、死んでいないよ、ヘルガは応じた。

岩にぶつかっただけなんだ。アグネは言った。水は飲んでいないね。

よくわかるね。

溺れたのを何度も見てるから。吐かせたら、生き返ったこともあるよ。

男たちを呼び止め、倒壊を免れた小屋の一つに水難者を運ばせ、横たえた。そこが一番手近であったからだ。家畜の世話をする男たちの寝場所だ。戸口を開け放し、陽光を採り入れる。

家畜の病や怪我の手当に牧夫らは慣れている。

濡れそぼったチュニックを脱がせる。弱々しい呻《うめ》き声が洩れる。

鼻梁《びりょう》の付け根も瞼《まぶた》も頬も青黒く腫《は》れ上がった顔は異様な球体で、刃先で切れ目を入れたような筋が、眼だ。

脚の骨が折れているようだと牧夫の一人が誰にともなく言った。歩けなくなるだろう。別の者が続けた。

このまま召されたほうが幸せかもな。

助けた俺たちを恨むだろう。

呪うかもしれない。

海に戻すか。

殺したと、俺たちを二重に呪うだろう。

乾いた布を牧童から借り、海を十分に吸いこんで重いチュニックを抱え、洗う、とヘルガに言って外に出た。ヘルガはチュニックをアグネの手からとり肩にかついだ。歩く後に雫《しずく》が滴《したた》った。

真水の湧く井戸に向かう。粗末な服なら踏み洗いするけれど、鑑識眼のないアグネでも極上の布地を使っているとわかる。新しい水をかけては叩いて、海水を洗い流す。ヘルガも手を貸す。チュニックは色落ちせず、鮮烈な青をよみがえらせた。

乾いた布の間に挟んで水気を吸い取らせ広げている傍を、いい物を手に入れたな、通りかかった男が声をかけた。

高く売れるな、これは。

違う。アグネはねつけ、ヘルガに、従兄のギースリと教えた。母の長兄——アグネの伯父——の息子だ。母の父——祖父——は没し、伯父が一族の長となっている。伯父は体の節々が痛む病で婚儀も宴も欠席し、長男のギースリが代理をつとめた。宴の席が末のほうだったのがギースリは不満らしい。父親が占めるべき席を供されてしかるべきだと、言動に滲《にじ》ませた。この従兄にアグネは好感を持っていない。何故なのか、理由を問われてもアグネは説明できない。

あの人、生きているの。綺麗にして着せるの。

馬鹿。ぼろでも着せておけ。俺によこせ。

ヘルガがアグネをかばって言い返そうとするのに被《かぶ》せて、ギースリは、アグネには意味の取れない言葉をヘルガに投げた。

よほどひどい言葉らしく、ヘルガの表情が変わった。

走ってきた男によって、言い争いは妨げられた。

集まれ！

ソルゲルの男は、集まれ！

棍棒を持って集まれ！

中身の一部が取り出され陽光に晒《さら》されている樽や梱。その傍で、ソルゲルの男たちとオーラヴの男たちが対峙する。

ちょっとしたきっかけで取っ組み合いになろう。

最初から双方が権利を主張し、引かない。

ソルゲルにしてみれば、彼の領内で獲得した獲物である。所有権は当然、自分にある。異議を申し立てる者がいるなど考えもしなかった。助力してくれたオーラヴには応分の礼物を進呈しよう。相手は礼を以《もっ》て応えるだろうと思ったのである。

オーラヴの考えは違った。自分たちは総員、力を尽くして獲物を引きあげた。ソルゲルの恣意《しい》により恩着せがましくほんの一部を分配されるという措置は諾《うべな》いがたい。すべてを公平に折半せよと強く要求した。

海に馴染んでいないオーラヴの男たちは水に潜ることはせず、専ら浅瀬で拾い集め運搬するだけだった、とソルゲルの側は主張した。その程度の協力で折半を要求するのは厚かましすぎよう。

待て。事情を教えられたギースリが、双方を抑えた。

二つの一族が、せっかく堅固に結ばれたのだ。血を流して争うなど愚行の極みだ。双方が少しずつ譲歩することによって、ことはうまく運ぶ。結束はいっそう強まろう。

アグネとヘルガは、少し離れたところで成り行きを眺める。女と子供は、何も口を挟むことはできない。二つの一族が対立し争うと男たちが決めたら、ヘルガと別れなくてはならなくなる。アグネはヘルガの手を強く握った。

ソルゲルの視野にアグネとヘルガが入ったようだ。ソルゲルの指示を受け、エギルが二人に近づき、去れ、と命じた。

俺の妻ヘルガに、夫として、ソルゲルの言葉を伝える。去れ。

俺の妹アグネに、兄として、ソルゲルの言葉を伝える。去れ。

女、子供は、去れ。

父の言葉に逆らうことはできない。

ヘルガがオーラヴのほうに目を向けた。ヘルガの父も二人の兄も揃って、行けと顎で示した。

アグネとヘルガは厨《くりや》に行き、山羊の凝乳《スキユル》と乳漿《シユーラ》を器にとりわけ、水難者を休ませてある小屋に戻った。

ひとり横たわる男は腫れ上がった瞼を開けた。細い隙間からのぞく瞳には気力が甦っていた。ヘルガは木の匙で乳漿を掬《すく》い、男の口元にはこんだ。喉仏が動いた。口の端からこぼれて顎をつたう飲み物を、アグネは布端でぬぐってやった。

2

時
一一六〇年

場所
ヴィスビュー

人物
ヴィスビューの富商1
同 2
同 3・4

ソルゲル・ボズヴァルスソン（族長）
エギル・ソルゲルスソン（ソルゲルの息子）
アグネ・ソルゲルスドーティル（ソルゲルの娘）

オーラヴ・セグンスソン（族長）
エイリーク・オーラヴスソン（オーラヴの長男）
カルル・オーラヴスソン（同　次男）

ヘルガ・オーラヴスドーティル（オーラヴの娘にしてエギルの結婚相手）

ギースリ・イングヴァルスソン（アグネの母方の従兄）

ヴァシリイ（ノヴゴロドの商人）
ユーリイ（ヴァシリイの息子）
マトヴェイ（完全奴隷《ホロープ》）

ヴィスビュー教会の司祭
同　　　助祭
リンシェーピングの司教
同　　　助祭

ヨハン（リューベックの商人）
その他、司教に供奉《ぐぶ》するものたち、ソルゲルの男たち、オーラヴの男たち、ヴィスビューの商人たち、ヴィスビューの人々など。

上手《かみて》より富商1、2、下手《しもて》よりヴァシリイ、ユーリイ、マトヴェイ登場。


富商1「いまや、呪わしい嵐の跡はかたもなく失せ、我らは神の祝福のもと、今年もまた、ノヴゴロドから懐かしい客人を迎え入れた。我が親しき友、ヴァシリイ、航海のご無事を心からお祝いする。

富商2「衷心《ちゅうしん》より歓迎します。ヴァシリイ。この一年でご子息は頼もしく成長されましたな。

お世辞か、皮肉か。ご子息ユーリイの外貌に頼もしさを感じる者はいないだろう。

ヴァシリイ「若木は風雪に耐えて逞《たくま》しく育つもの。目下修業中の身であるが、ゆくゆくは我がノヴゴロドとご当地ヴィスビューを結ぶ太い帆綱《ほづな》となるでしょう。

息子よ、あらためて方々にご挨拶するがよい。

ユーリイ「（模範的な答を暗誦するように）ノヴゴロドとヴィスビューを結ぶ太い帆綱となるべく努めます。（視線をマトヴェイに走らせる。マトヴェイ、かすかな微笑を送る）

ユーリイの言動は、どことなくぎごちない。周囲が定めた枠の中に己を嵌《は》めこもうと努力しながら、成功し損ねている印象を与える。

富商１「船荷はすべて、そちらの商館に搬入し終えた。めでたいことだ。

富商２「さて、我々も商館を訪ね、積荷の中身を点検させていただこう。

こう申しても貴君が気を悪くなさることはないと思ってよろしいでしょうな。

ヴァシリイ「（やや鼻白んで）当然。

富商１「昨年の不都合は、貴君の故意によるものではなかった。

そう、我々は承知しています。

貴君とて、すべての商品をくまなく点検することは困難であろうとお察しする。

ヴァシリイ「家族、下働き、能《あと》うかぎりの労力を駆使して品質、数量を確認しました。

しかし……

富商１「我々にしても、その場ですべてを調べるのは不可能だ。

それゆえ幾つかを抜き取り、点検した。

富商2「そのわずかな数の梱の中身に、不正があった。

黒貂《くろてん》、海狸《ビーバー》など高価な毛皮であれば、四十枚、栗鼠《りす》であれば百枚をもって一括りとして値付けする。

長年の慣わしだ。

しかし、黒貂は三十八枚、栗鼠にいたっては、八十三枚だの七十六枚だのを一括りにしたものがありましたな。

ヴァシリイ「なにしろ夥しい量だ。数え違いが生じるのもやむを得ぬこと。

総数をやや少なく見積もることで、その問題はすでに解決したはず。

富商2「しかし、貴君らが帰国して後、さらなる不正が発見された。

栗鼠の毛皮は安価ではあるが、最上のものから毛並みの粗悪なものまでさまざまだ。

質ごとに分類し、相応の値付けをされている……はずだ。しかるに、最上のもののなかに下等品を紛れこませてあった。

ヴァシリイ「猟師どものなかに不心得な者がおったのだ。

帰国したら、イヴァン商人団の全員にはかり、ノヴゴロド公に我々の総意として請願し、不正を行った者には厳罰を科すと公《こう》より布告していただく。

富商2「また、蜜蠟の一部に不純物が混入していたことも指摘せねばなりますまい。

ヴァシリイ「毛皮と異なり、蜜蠟はノヴゴロド公国内のみでは調達しきれぬ。

近隣の国々から買い付けている。

不届きな者による混ぜ物を完全に排除するのは困難だが、発覚した際は裁判にかけ、その者らを処刑する法をととのえられるよう、これもイヴァン商人団の総意として、公《こう》に請願しよう。

当方としても苦情は言わせていただこう。

貴君らから入手した塩漬け鰊《にしん》だが、樽の底に腐った魚を詰め、良質の鰊の量をごまかしたものがあった。

腐魚の臭いは塩に溶け、鰊はいわば汚水漬けという状態。

一樽のすべてを廃棄せねばならなかった。

（ユーリイに、ひそかに）息子よ、これが商いの駆け引きというものだ。けっして一方的に我が非を認めてはならぬ。

富商２「それは、我々に売りつけた漁夫の仕業《しわざ》だ。

樽の一つ一つ、底まで調べることはできぬ。

富商１「どの漁夫から買い取ったものか判明すれば、以後、その者との取引は中止する。

ヴァシリイ「穀物も、満足したとは言えぬ。

我がノヴゴロドは穀物の生産に恵まれておらん。

（傍白）言わでものことであった。俺としたことが、商売相手に我が公国の弱みを陳《の》べるとは……

（失点を隠すように高飛車に出る）だからといって、雑草の実の交じったライ麦を、あのような値で
富商１「雑物が混入していましたか。

それは遺憾なこと。

ヴァシリイ「私はヴィスビューの貴君らを信用し、そちらの言い値で買い取っている。

富商2「（傍白）値切り倒しているではないか。いつだって。

富商1「我々とて同様だ。

ヴァシリイ、貴君をいたく信用している。

ヴァシリイ「（傍白）しらじらしい。

積荷の内容を確認されることにいささかの不満もない。

存分に検《あらた》めていただいて結構。

当方もそちらの品々を心ゆくまで検分させていただく。

富商1「我がほうはまだ入荷が十分ではない。

こちらからの船は現地で買い付けの最中です。

他国からの入港は貴君の船が最初だ。

富商2「銀はある程度用意がととのっている。

が、現物がご入用であろう。

ヴァシリイ「いかにも。

銀は何より貴重だが、交換すべき物品がなければ、鉄や鉛ほどの役にも立たない。

ユーリイ「（傍白）銀の細工物は見た目にうるわしい。それだけで充分ではないか。我が身を飾る要はない。富の証《あかし》でもない。ただ愛《め》づるだけでよい……のだけれど……

富商1「しばし滞在なされ、ヴァシリイ。

そしてご子息。

ええ、何というお名前であったか。

ユーリイ「(名乗るよう、ヴァシリイに促され) ユーリイです。

従者マトヴェイの名を訊ねる者は、当然ながら、いない。

富商1「さよう、さよう。

ユーリイ、父君ともども、今宵の晩餐《ばんさん》は我が家にお招きしよう。

長い旅の疲れを癒やされるがよい。

ユーリイ「(思わず洩らす) まったく長い旅だった。

ヴァシリイ「(鋭く叱咤) 弱音は口にするな。

心に思っても、喉の奥に封じこめ、雄々しい言葉のみを語れ。

そうすれば、心は言葉に従う。

ユーリイ「(傍白) どれほど封じこめようが抑えこもうが、おれの心が苦痛の呻きを洩らしていた事実は消えない。自ら望んだ旅であれば、どのような辛苦も歓びに変えただろう。服従。服従。父がおれに望むのは、それのみだ。

人々が去ろうとしているのを、マトヴェイがユーリイに気づかせる。

ユーリイも従おうとする。

そのとき、ざわざわと騒がしい人声、物音とともに、ソルゲル、エギル、ギースリとソルゲルの男たち、オーラヴと二人の息子、その男たちが、大量の荷を荷車や馬で運搬しつつ登場。

ソルゲル「ヴィスビューの親愛なるお歴々よ。

人々立ち止まり、戻ってくる。

二人の富商は、明らかにソルゲルたちを見下している。

富商2「この度は妙に商品が多いようだな。

ソルゲル「やあ、ノヴゴロドの友人。(ヴァシリイに歩み寄り、軽い抱擁の挨拶)

あんたの船の到着が見えたので、急いで荷をととのえてきた。

無事で何より。

さあ、俺の売り物を見てくれ。

乳酪や穀物ばかりか、塩もある。琥珀もある。

富商1と2が慌ただしく近寄り、遮《さえぎ》り、詰《なじ》る。

富商1「待て。

富商2「待て待て、待て。

直取引《じかとりひき》はならんぞ。

お前たちの商い物は、まず、我々が買い取る。

塩、琥珀。

お前たちの土地で採れるものではなかろうが。


やりとりの間に、ヴィスビューの人々が次第に集まってくる。成り行きを見物する。


富商1「過日、ヴィスビューの浜に、夥《おびただ》しい木《こ》っ端《ぱ》が漂着した。

難破した船があったと思われる。

ソルゲル「そのとおりだ。

俺の領内の岸に漂着したのだ。

俺の物だ。

オーラヴ「(急いで割って入り、富商らに説明する) 俺の男たちも働いた。

俺にも拾得者としての権利がある。

ソルゲル「(富商らに向かって) 俺は寛大にも、オーラヴ・セグンスソンの要求を受け入れた。

本来なら、俺の所領に漂着した獲物だ。

所有権のすべては、俺、このソルゲル・ボズヴァルスソンにある。

オーラヴが口を挟もうとするが、ソルゲルは直ちに続ける。


ソルゲル「しかし、俺は息子の妻にオーラヴの娘を選んでいる。

　オーラヴは言わば、我が一族だ。

オーラヴ「いや、俺たちがお前の一族になったわけではないぞ。

ソルゲル「（かまわず続ける）この度の全収益を三分し、その二をソルゲルが取り、残る一をオーラヴに与えるということで
オーラヴ「与える？　与えるとは不愉快な言いようだ。

　俺は耐えに耐えて譲歩したのだ。

　分配と言え。

ソルゲル「一々邪魔をするな。話が進まん。

　ノヴゴロドの友よ、さあ、見てくれ。

　去年あんたと相談したとき、俺が提供できるのは乳酪と干鱈、穀物、我が鍛冶場で造る刃物、それに祖から引き継いだ銀と言ったが、思いがけない獲物が

富商1と2、ソルゲルとヴァシリイの間に割り込む。

富商２「お前らがヴィスビューに持ち込む品々は、まず、我々が買い取る。
　他国には、我らが売る。
富商１「お前たちが直《じか》に売り買いできるのは、この土地の者との間でだけだ。
富商２「それが慣わしだ。昔からの。
ソルゲル「昔とは、いつのことだ。
　かつて、俺たちの祖は、どこの誰とでも自由に売り買いした。
　いつからか、ヴィスビューの衆が幅を利かせるようになった。
　お前方《まえがた》を通して他国の者と売り買いする。
　それは慣わしであって、掟ではない。
　ノヴゴロドの衆が俺たちと直に取引するというので、喜んで俺は応じた。
　あんたたちを介さなければ、ノヴゴロドの衆はずいぶん安値で手に入れられるわけだ。
ヴァシリイ「(傍白) まずいやり方だ。この場で言い出すとは。
富商２「(ヴァシリイに) いつ、そのような取り決めを。
ソルゲル「去年の夏だ。
　俺んとこの乳酪がことのほか美味なので仕入れを増やしたいと、俺に話をもちかけた。
　ノヴゴロドの友は賢い。
ヴァシリイ「(傍白) お前は愚かだ。
ソルゲル「もちろん、これまでどおりヴィスビューのお前方とも取引は続けよう。

オーラヴ「（ソルゲルに小声で）ノヴゴロドの商人と話がついていたのか。

俺は聞いていないぞ。

富商１「なんという言いぐさだ。

他国の船が出入りできるようヴィスビューの港をととのえるのに、我々がどれほど金を費やしてきたか、この連中は考えたこともないとみえる。

富商２「桟橋を敷設《ふせつ》し、腐蝕すれば改築し、沈積する土砂を浚《さら》い、多くの国々の船が自ずと集まらずにはいられぬよう、心を配っている。

倉庫も建てた。

それらの費用は、誰が賄《まかな》っている。

少なくとも、お前たちではないな。

お前の土地の海辺に、交易船が碇泊できるか。

富商１「我々は大金を投じて船を建造している。

私の息子は冬が去るや、いまだ氷塊の漂う海に乗り出し、ノヴゴロドに向かった。

今ごろは彼《か》の地の我がゴート商館で、選《え》りすぐりの品を買い集めていよう。

富商２「私の息子も、同じ船団にいる。

難破船の獲物を漁って利を得ようというさもしいお前たちとは違う。

お前らは、異国に船出することさえせず、安全な浅瀬で魚を捕るばかりだ。

富商らの言葉や見下した態度に、ソルゲルの男たちもオーラヴの男たちも殺気立ってくる。

ソルゲルの息子エギルは、群衆のなかの娘たちに気を取られたり、それとなくちょっかいを出したり。

騒ぎを誰かが知らせたのだろう。木造の素朴な教会から司祭もあらわれた。

ギースリがソルゲルに耳打ちする。ソルゲル、うなずく。


ソルゲル「この品々は、神様が俺たちに与え給うたのだ。

それを卑しめるのは、神様のお計らいをけなすことだ。

（ギースリの耳打ちを受け）と……（ギースリに）と、何だ？　ああ、とくしんてき。

瀆神的な暴言だ。

そこに、神父さまもお出でになる。

神父さま、先日は、ありがとうございました。

ソルゲルの息子とオーラヴの娘の結婚は神様の思《おぼ》し召《め》しにも叶い、結構な祝いの品々をお恵みくださった。

それを、この衆は
富商2「おお、神父さま、よいところに。

教会を堅固な石造りにしたいと、かねがねお望みでしたな。

司祭「いかにも。

それはリンシェーピングの司教さまの強く望まれるところでもありましてな。

富商1「ご存じかもしれぬが、このオーラヴ・セグンスソンの領内によい石切場があります。

ぜひ、お役に立ちたいとオーラヴは申しております。

オーラヴ「（傍白）俺は聞いてないが、買い取ってくれるなら、大切な相手だ。

富商2「我々が買い上げ、寄進いたしましょう。

ヴァシリイ「（ユーリイに）息子よ、異端の司祭から目をそむけよ。

関わるな。

商いのためには異端の徒とも異教徒とも交わりを持つが、司祭を名乗る者らの袖にも触れるな。

司祭「司教さまが各地の教会を巡察しておられる。

今日明日にもヴィスビューに渡ってこられるはずだ。

さぞお喜びになろう。

ソルゲル「神父さま、俺の話も聞いてください。

神様のお恵みにこの衆はけちをつける。

神様をないがしろにしている。

富商1「仕来《しきた》りを勝手に破るなと言っているのだ。

富商2「難破船の乗り組みがお前たちより罪深かったというのか？

神が彼らを罰し、お前たちに恵みを垂れ給うたと？

神父さま、この粗野で無知な、ラテン語の読み書きなど一文字も知らぬ輩《やから》に、何のいわれがあって神が恩寵を垂れ給うのでしょう。

ヴァシリイ「息子よ、異端はこのように醜いのだ。

尊い神の名を引き合いに出して、言い争っておる。

ユーリイ「(傍白) この争いのもとは、父さん、あんただ。


ユーリイの内心の声が、マトヴェイには聞こえると見え、同意の微笑を送る。

二人は人々から少し離れる。


富商2「お前たちは古い邪教の影響をまだ受けている。

あの嵐は、キリスト教徒の船を沈めるための、邪神の業かもしれぬ。

ソルゲル「とんでもない罰当たりなことをぬかす。

敬虔《けいけん》な信徒だぞ、俺たちは。

神様のお裁きを願ってもよい。

神父さま。俺はこの欲深な連中を神判に
司祭「口をつつしみなさい。

軽々しく神判などと言いだしてはならぬ。

富商2「この農夫が大それたことを言うなら、我々のほうからこの男を告発してもよい。

この男が清らかなキリスト教徒か、邪宗の徒か、神が告げ給うだろう。

煮えたぎる熱湯に腕を浸すか。

それとも手足を縛り上げられ、水に投じられるか。

司祭「冷静になりなさい。

熱湯による神判も冷水神判も、ローマの教皇さまがお許しにならぬ。

このような神判は、古い異教の名残と教皇さまは諭されたそうな。

リンシェーピングの司教さまも、禁じておられる。

お前方も承知であろう。

富商2「私としたことが、つい、昂奮《こうふん》のあまり……

ギースリ「(口を挟む) 決闘裁判という手もありますな。

富商1「何を馬鹿馬鹿しい。

農夫風情が決闘裁判か。

あれは騎士身分にのみ許されたこと。

司祭「いや、決闘裁判は、自由民なら誰にでも許されている。

同じ身分の者同士であれば、という条件がつくが。

ヴァシリイ「(興味を持って、つい、司祭に近づき訊ねる) ほう、それでは、騎士と自由民は闘えない？

ユーリイ「(父には届かぬ声で) 異端の司祭から目をそむけよ、異端の司祭の袖にも触れるなと言った
その口で (マトヴェイと視線を交わしあう)

司祭「騎士が、平民同様、槍も盾も剣も持たず、徒歩《かち》で闘うなら許されるが。

（相手の服装に目を留め）もしや、ノヴゴロドの？

異端の教会はあちらだ。

（傍白）これ以上言葉は交わすまい。神がお怒りになる。

ヴァシリイ「（傍白）まずいことをした。

異端の司祭と……（場を離れる）

ギースリ「（富商たちに）俺たちは自由民、そっちも自由民、対等だ。

難破船の漂着物は、その土地の所有者、拾得者の物。昔から決まっている。

それに難癖をつけるあんたたちと、俺たちと、どっちが正しいか。

決闘で決着をつけようじゃないか。

富商１「いや、論旨が違う。

海難者の漂着物収得は当然の権利だ。

我々が咎《とが》めているのは、お前たちが他国の商人と勝手に直取引をすることだ。

異国の商人が欲に駆られ、我々を無視して勝手な取引をする。そんなことは、神様とてお許しにならない。

ギースリ「お許しになるかならないか、決闘によって神様のご意思を伺おうというのだ。神意に適う者が勝利を得る。

オーラヴ「決闘なら、俺には頼もしい息子がいるぞ、二人もな。

（ソルゲルに）お前さんの息子は？

エギルは明らかに闘志なし。

ソルゲル「俺が。（闘うと、筋骨隆々なところを見せつける）
そっちは老いぼれて、息子任せか。

富商1と2、顔を見合わせる。


ソルゲル「さあ、あんたたちはどっちが闘う？

富商1「（富商2に）とんだことを言い出したものだ。

我々は殴り合いなどやったことはない。

富商2「いや、こういう場合は……


人々がいっせいに一方向を見る。

ヨハンをのせた荷車を馬に牽《ひ》かせ、アグネが同乗して馬を御し、ヘルガは馬に乗って登場。アグネは荷車から、ヘルガは馬から下りる。

ヨハンは、顔の腫れはひき、目鼻がはっきりしたものの、脚が立たぬ様子。

アグネとヘルガが、荷車から馬をとき、ふたりで皆のところに荷車を牽いていく。

ヨハン「その商談に異議を申し立てます。

ソルゲル「やあ、動けるようになったのか。

ヨハン「（司祭に）当地の司祭さまとお見受けします。

　リューベックから参りましたヨハンと申します。

司祭「おお、リューベックから。


　人々、ざわざわ。

　リューベックとは、どこだ。

　遠い海の向こうの街だが。

　などなど。


富商2「（富商1に）リューベック。

　あれは、大火で滅びたと、どこぞからの商人が言っていたと思うが。

富商1「ホルシュタイン伯が都市リューベックを建設されたのは……十何年前になるか。

　それが三年前、思わぬ大火事で焦土となったという噂は私も聞いた。

　その上、あの街は、ザクセンの大公、あの獅子公が市場《いちば》を設けることを許されぬゆえ、交易もできず……

ヨハン「いえ、リューベックは甦ったのです。獅子公……ザクセン大公は、大火の後、ホルシュタイン伯に焦土のリューベックを譲渡させ給い、一昨年から新たな都市造りが始まったのです。リューベックはザクセン大公から都市特権状を賜《たまわ》りました。私たちは大規模な市場を開きます。交易も盛んにしようと……ああ、まず、司祭さまにご挨拶をせねば。


ヨハンは荷車から下りようとするが、脚が立たない。ヘルガとアグネが両側から支えるが、無理。マトヴェイとユーリイが言い合わせたように近づき、二人の少女にかわってヨハンに肩を貸す。

ヨハンは司祭の前に跪《ひざまず》く。


ヨハン「(司祭に) 悪魔がもたらしたような凄まじい嵐に船は沈みましたが、私は神の御恵みにより、死から逃れることができました。

エギル「俺たちが逃れさせてやったんだ。

アグネ「あんた、何もしなかったじゃない。

エギル「その礼を言いにわざわざきたのか。

ヨハン「いいえ。(司祭に) 神父さま、お願いがございます。

この地の人々に命を助けてもらったことは、言葉では言い尽くせぬほどありがたく思っています。

十分に謝礼もするつもりです。
しかし……

その一方で、ヴァシリイは、居合わせた野次馬の一人（老人）から杖を奪い、戻ってきたユーリイを打ち叩こうと振り上げる。

ヴァシリイ「父の言葉に背くのか。異端の司祭に近づくなと命じただろうが。

マトヴェイが割って入り、振り下ろされる杖を背に受ける。続いてマトヴェイを打擲《ちょうちゃく》しようとする父の腕に、ユーリイはしがみつき制止する。

ヴァシリイ「主《あるじ》に逆らう者は
アグネ「（駆け寄って）やめて！
その人を叩くの、やめて！
ヴァシリイ「（ユーリイを振り払い、なおもマトヴェイを打擲しようとする）この恩知らずめ！

ヘルガも走り寄る。

その腕をエギルが摑《つか》み引き寄せる。


エギル「家に帰れ。

女はでしゃばるな。


ヘルガの二人の兄が歩み寄る。


エイリーク「（エギルに）妹に乱暴な真似はするな。

カルル「するな！

ソルゲル「（すでに、アグネを引き寄せ、押さえ込んでいる。オーラヴに）あんたは、娘に教えなかったのか。

夫の許しを得ず勝手なことはするなと。

オーラヴ「そっちも、娘を野放しにしていたようだな。

ヨハン「（喧噪に気を取られる司祭に）神父さま、お聞きくださいませ。

助けてもらったことは、深く、深く感謝しております。

しかし、積荷のすべてを差し上げるわけにはいかないのです。

交易の船荷は、私が全財産をかけてととのえました。

他の者から託された品々もございます。

死者の荷については、私は何も言いますまい。

しかし、私の船荷の所有権は、託されたものも含め、私にあります。

ソルゲル「（オーラヴに）おい、とんでもないことをこいつは言っているぞ。（アグネを摑んでいた手を放す）

富商1、2も聞き耳を立てる。

エギルもヘルガの腕を放す。

ヴァシリイもまた耳を傾ける。


ヨハン「ザクセン大公の保護を受け、リューベックの商人はこれから交易に力を入れようとしております。

リューネブルクの塩もオストゼー（バルト海）沿岸の地で豊富に採れる琥珀も、潤沢にこの地に運べます。

しかし、難船の危難は常につきまとう。

船荷は法によって護られなくては、私たち商人は安心して交易を続けることが
富商1「我々は、何も不法なことはしておらん。

何処の地からの船であっても、入港すれば歓迎し、正当な取引を行う。

しかし、難破船の漂着物はそちらの所有権を離れている。

漂着した財産の取得は、我々の権利に基づく行為だ。
ソルゲル 「（ギースリに）小難しいことを言っているが、つまり、俺たちは正当なことをしたと、あの連中も認めているのだな。
ギースリ 「（うなずく）ただ、ノヴゴロドとの直取引はいかんと。
ソルゲル 「胴欲《どうよく》なやつらだ。
ヨハン 「神父さま、当地でもっとも権威ある方は神父さまと存じます。どうぞ……
富商1 「いや、物事を決めるのは、我々が開く集会《シング》においてだ。
ヨハン 「では、あなた方で取り計らってください。
海難した船とその乗り組み、船荷の扱いについて、今後安心して取引ができるように。
富商1 「我々の当然の権利を放棄せよと？　それは難しい問題だ。
富商2 「論のほかだ。
ソルゲル 「こいつを助けたのは間違いだったな。
恩知らずにもほどがある。

ヴィスビューの教会の助祭、群衆をわけて登場。

助祭 「（司祭に近づき）リンシェーピングの司教さまがお着きになりました。
司祭 「早いご到着であったな。お出迎えに参ぜねば。

助祭「悶着が起きていることをお話ししましたところ、こちらにお運びくださると

司教登場。助祭、従者などを従えている。

これが、まったく無駄に無意味に、精悍な風貌の男である。単に作者の気まぐれであろう。

ヴァシリイ、ユーリイ、マトヴェイを除く人々が、跪く。


司祭「お出迎えが間に合わず、申し訳ございません。

司教「追い風を受け、奔馬のように船足が速くてな。

魂だけが後に取り残されそうな速さであった。

司祭「それは……。

（傍白）司教さまともあろうお方が、魂をこうも軽々しく扱われるとは。

司教「何か争論が生じておるとか。

司祭「はい。（司教の耳元でごにょごにょ）

その間に、富商1、2もごにょごにょ。

ソルゲルとオーラヴ、ギースリらが二人の話に加わってごにょごにょ。

時々、ソルゲルの声が大きくなる。エギルは口を挟むのだが、誰もが聞き流す。

オーラヴの二人の息子は、親たちの話を真面目に傾聴している。

ヴァシリイは彼らの話に耳をそばだて、興味のないユーリイはマトヴェイと二人のあいだにだけ通じる話を交わす。

心配げなヨハン。その様子を案じるアグネ。アグネの視線は、ときおり、ユーリイとマトヴェイに向けられる。

ヘルガはその始終を見ている。


ヨハン「(耐えきれず、声を上げる)司教さま。

司祭「(司教に)この者が、リューベックから参った商人。

ヨハン「ヨハンと申します。

司教「リューベックの新たな消息が聞けるな。

オルデンブルクの司教が、司教座をリューベックに移すことをザクセンの獅子公に請願中ということだが、ご許可は下りそうか?

ヨハン「リューベックの南端の地区に、すでに司教座大聖堂の建築が始まっております。

司教「オルデンブルクはいまだに野蛮な異教徒の襲撃に曝《さら》され、物騒だと伝え聞いている。

移転が許されたのは結構なことだ。

だが、市の南端か?

中心部ではないのか。

ヨハン「中心部には、市の建設が始まると同時に、商人のためのマリエン教会が建てられました。

それゆえ、司教座は南の端になりました。

獅子公は交易によってリューベックを発展させることを望んでおられます。

私ども商人が、リューベックそのものなのです。

リューベックは、生産は乏しい。

しかし、各地の産物交流の中心となることで、その各地をも発展させます。

それはこのゴットランド島も同様でございましょう。

島の産物はそれほど豊かではないが、多くの土地から商人が集まり、物品を交換し、収益を上げる、その中心地として、ここヴィスビューは栄えています。

リューベックと手を結べば、流通はさらに潤沢になります。(重傷が癒えたわけではないヨハンは、息が切れる)

ソルゲル「この男は、何を言いたいのだ。

富商2「自分がうまい汁を吸いたいということだろう。

富商1「リューベックの商人の主張については、我々は集会《シング》を開き、相談せねばならん。

群衆の中から、これも富裕な身なりの商人が声を上げ、歩み寄る。もう一人の富裕な商人が続く。


富商3「集会を開くまでもない。

ヴィスビューの有力な商人は、皆、今、ここに集まり、成り行きを見守っている。

この場で賛否を問えばよい。

漂着物の取得は、すなわち、我々の財産取得という利益を伴う。

それを手放せというのか。私は断固、反対する。


そうだ、そうだ、と群衆のあいだから何人もの商人たちが声を上げ、集まってくる。


富商4「しかし、この男の言うところでは、リューベックとの交易はなかなかに利をもたらしそうではないか。

富商2「見ず知らずの男の言うことを、どこまで信用できる。

商品を取り戻したいだけのことではないのか。

ソルゲル「俺たちは、海に潜って船荷を運び上げたのだぞ。

俺たちが手を拱《こまね》いていれば、貴重な品物は海底で腐る。

（ヨハンに）お前にしたところで、俺たちの助けがなければ死んでいただろう。

勝手なことをほざくな。

ヨハン「司教さま、お願いでございます。

いまだにヴァリャーグのころからの古い仕来りに囚われている者たちをお諭しくださいませ。

神様も、ヴァリャーグの昔から続く無法な行為はお許しになりません。

富商2「その言葉は聞き捨てならん。

我々が神に背いていると？

ヨハン「司教さま、お聞きくださいませ。

漂着物は拾得者の財産という悪習のため、海辺の住人が、船乗りが常々目印にしている夜の灯火を
岩礁地帯に移し、難破させるという例も
ソルゲル「黙れ！

そんなあくどいことを俺がするか！

ヨハン「あなたのことではない。

そういう不心得者もいると、言っているのです。

ソルゲル「司教さま、司祭さま、俺はこいつを告訴する。

こんな侮辱を受けたのは初めてだ。

命を助けられたくせに、俺たちを神に背くと誹《そし》る。

こいつは悪魔に憑かれているのだ。

手足を縛って水にぶちこむか、煮えたぎる熱湯に腕を突っ込ませるか。

神様がお前を正しいと思われるなら
司祭「その神判は許されぬと、さっき教えたばかりではないか。

ギースリ「(独り言めかして) 決闘裁判は許されているんだったな。

ソルゲル「それだ！

どっちが正しいか、神様が裁いてくださる。

ヘルガ「この、立って歩くこともできない人と……決闘？

アグネ「無茶だよ。

ヴァシリイ「異端は野蛮だ。

エギル「(ヘルガに) 女は口を出すな。


ヘルガの二人の兄がエギルに詰め寄る。


ソルゲル「こいつの言《い》い分《ぶん》が正しいと神様が思いなされれば、足萎えだろうと、俺に勝つだろう。

司教さま。俺はこいつに決闘裁判を申し込みます。

司教「待ちなさい。軽々しく言うことではない。

何ゆえ、裁判を求める。汝の名は？

ソルゲル「ソルゲル・ボズヴァルスソンと申します。

ヴィスビューの南、海に面した広大な土地を持っております。

司教「汝ソルゲル・ボズヴァルスソンは、リューベックの商人ヨハンを告訴するのだな。

名誉を傷つけられたからか。

富商2「農夫に名誉などあったかな。

ヨハン「私は彼に感謝こそすれ、彼を侮辱したおぼえはありません。

故意に難船させせる者がいるのは事実ですが、ソルゲル・ボズヴァルスソンとはまったく無関係です。

私が願うのは、漂着物の所有権が私にあること、今後とも安全に取引ができるように、保障していただきたいということです。
富商2「我々はそれを拒否する。
リューベックの商人があくまで反対するなら、神の思し召しを訊ねるのも一つの案といえる。
富商1「決闘となったら、勝敗はあまりにも明らかではないか。
健やかな者でも、この逞しい男に打ち勝てる者は数少なかろうに。
アグネ「無理だよ。まともに立つこともできないのに。
エギル「うるさい！　子供は口を出すな。（エギルが威張れるのは、女と子供に対してだけだ）
ヨハン「神よ、私にお力をお貸しください。
この無法な地に、安全な秩序がもたらされますように。（絶望的な表情）
ギースリ「ソルゲルでは力が有り余りすぎるだろう。
俺が代わりに闘ってもいい。
全ゴットランドを代表してな。
アグネ「それだって無理だ。

アグネを殴ろうとするエギルを、ヘルガが止める。

エギル「夫に逆らうのか。

ヘルガの二人の兄が、再びエギルに詰め寄る。
エギル、怯《ひる》む。

司教「神は、正しい裁きをなさる。
しかし、怪我人と健やかな者、あるいは子供と大人が闘うような不公平は許されぬ。
双方が、能うかぎり平等な条件で闘わねばならぬ。
アグネ「(呟《つぶや》く) 両足を縛ったって、ギースリが勝つわ。
ヨハンはずいぶん体が弱っているのだもの。
司教「それゆえ、代理人を立てることも許されておる。承知か?

富商2が大きくうなずく。

富商2「(富商1に) さっき、私が言いかけたのは、それだ。
ソルゲルが私たちに決闘裁判を挑んだだろう。
代理人に闘わせるという手があるのだ。
司教「(ギースリに) 此方《こなた》の名は?
ギースリ「ギースリ・イングヴァルスソンと申します。

司教「自由民であるな。

ギースリ「もちろんです。

　このソルゲル・ボズヴァルスソンが自由民であるように。

司教「ソルゲルの息子ではないのか。

ギースリ「私の父イングヴァルが、ソルゲルの妻の兄でございます。

ソルゲル「俺の息子は、これです。（エギルの腕を引っぱって引き寄せる）

司教「ギースリ・イングヴァルスソン、汝がヨハンを告訴し、彼と闘うのだな。

ギースリ「この見知らぬ商人が、我々を告訴しているのです。

　私はソルゲルの代わりに闘います。

　彼の言を認めれば、我々の正当な行為が彼の所有権を侵しているということになります。

司教「（司祭に）農夫にしては、弁の立つ男だな。

司祭「まことに。

ヨハン「これから先のことを言っているのです、私は。

ソルゲル「積荷を返せというのだろう。

　今のことじゃないか。

司教「（ヨハンに）決闘裁判となれば、此方は、代理人を立てるがよい。

　その男と互角に闘えるような者を。

ヨハン「リューベックであれば、身内も友人も大勢います。

またすべての商人が私の主張に賛成するでしょう。
その中でもっとも闘技にすぐれた者が、私に代わって神のご意思を問うでしょう。
神は必ず、正しき者が正しいとお示しくださるでしょう。
また、ケルンのような都市であれば、代闘士を職業とする者もおります。
しかし、この地において、私に代わろうという方がいるでしょうか。
私の提案は、将来、必ずこの地に繁栄をもたらすと理解してくださる方は……

一塊になっている商人たちは、互いの腹を探るように顔を見合わせる。
司教やソルゲルたちに聞こえぬよう、小声で話し合う。

富商4「本当に我々の利益になるのだろうか。
そうであれば、屈強な者を代理に雇って……
富商3「いや、あの男は、積荷を返せと言っているのだぞ。
富商1「我々は黙って成り行きを見守るべきだ。
どちらの側にも立たず、な。
そうして、神が選び給うた者と取引をすればよい。
ヨハン「どなたか、私のために……
ああ、私はすべてを失って、リューベックに帰らねばならないのか……

富商3「あいつの呟きを聞いたか。

あの男が気にかけているのは、自分の損失ばかりだ。

先行きのことなど、思いつきでぶら下げた餌にすぎない。

ユーリイ「(父に)私が彼に代わって闘いましょうか。

ヴァシリイ「お前でも冗談を言うのか。

ユーリイ「あの商人は、琥珀や塩を大量に扱うと言っていた。

どちらもノヴゴロドに必要な品でしょう。

恩を売っておくのは悪くはない。

ヴァシリイ「(犬が口を利いたように驚く)お前が商いに関心を持つとは……

(熱心になって)しかしな、ザクセン大公の領地は、ノヴゴロドからあまりに遠い。

ここヴィスビューを中継ぎの地にせねばならん。

ヴィスビューの連中とは親睦を保たねばならんのだ。

ふむ、やはりお前はまだ未熟だな。

しかし、見所はある。

ユーリイ「(傍白)関心がなくたって、そのくらいはわかる。

(マトヴェイに)阿呆の振りをしていればよかった。

なまじ期待を持たれたら厄介だ。

マトヴェイ「あなたが代闘士を引き受けたら、私がそのまた代闘士をつとめるつもりでしたよ。

（ギースリに目をやり）あの男なら、三つ数えるあいだに叩きのめせる。

ユーリイ「あいにく、自由民でなければ決闘する資格はないらしい。

マトヴェイ「私が完全奴隷《ホロープ》であることなど、黙っていればこの土地の者にはわかりませんよ。

ギースリ「（ヨハンに）お前さんの代わりに闘おうという者はいないようだな。

つまり、あんたは敗訴だ。罰金ものだ。

ヨハン「ああ、神よ、私は……

私の妻、小さい息子。

愛するヴァンダ、可愛いヤーコプ……

（傍白）我が家に帰ることすら難しい。船は沈んだ。船賃はない。ここで働くほかはないのか。私が買い集めた塩。琥珀。まだそこに、目の前にあるというのに。私のものではないと言われる。

エギル「（ヘルガに）この厄介者を連れ出したのは、お前だ。

女がでしゃばるとこういうことになるのだ。

さっさと連れて帰れ。

その男に食わせるパンも麦粥もないぞ。

そいつは、物乞いで食っていけばいいのだ。

ソルゲル「いや、俺はそんな冷酷なことはせん。

動けるようになるまでは、俺が養ってやる。

それが慈悲というものだ。

ヘルガ「わたしが闘う。
　みな、唖然とする。
エギル「莫迦女《ばかおんな》！
　さっさと帰れ。

　二人の兄も、今度はエギルを止め立てしない。
ヘルガ「司教さま、決闘裁判を開いてくださいませ。
司教「此方は何歳だ。
ヘルガ「十五です。
司教「十五……大人とみなされる年ではあるが……
　名前は？
ヘルガ「ヘルガ・オーラヴスドーティルです……でございます。
オーラヴ「儂《わし》の娘です。
　とんでもないことを言い出したものだ。
司教さま、怒鳴りつけてやってくれ……くださいませ。

ソルゲル「（オーラヴに）お前がどやしつけろ。
どういう育て方をしたんだ。
（司教に）俺の息子（とエギルを示し）の女房でもあります。
ギースリ「（ヘルガに、嘲笑的に）よほど、俺をぶちのめしたいのか。
痛いことを言われたのが気にくわなかったとみえるな。
エギル「（ギースリに）何を言ったんだ。
ギースリ「お前が俺にこぼしたあれさ。
山羊（あとは小声でひそひそ）
エギル「俺がそんなことを言うか。
ギースリ「言ったんだよ。
どれほど厳重な錠前も、はずしてしまうのが泥酔というやつだ。
エギル「くそっ！

ヘルガが歩み寄り、スカートをたくし上げ、ギースリの向こう臑《ずね》を蹴飛ばす。
ギースリ、避けたはずみに転びかけるが、立ち直る。

ギースリ「（怒りの形相を皮肉な顔つきに変え）こんな出来そこないの亭主でも、貶《おとし》められたら腹が立つのか。

嬢ちゃん女房。

　はらはら、おたおたしていた司祭が、たしなめにかかる。


ギースリ「そのくせ、ゴットランドの利益を奪おうとするこのザクセン人のために、俺と闘う？

　何をとち狂って
司祭「司教さまがおられる場だぞ。

　言動をつつしみなさい。

（ヘルガに）お前もだ。

司教「此方が代わって闘う？

ヘルガ「はい。

司教「此方のような女性《にょしょう》こそ、決闘裁判となったら代闘士を立てる立場なのだが。

司祭「女が闘うなど、前代未聞……

司教「いや、そうでもない。

　リンシェーピングにおいても、何度か決闘裁判は行われておる。

　女《おみな》と男《おのこ》が相対《あいたい》する例もあった。

　女は代闘士を立てず、自ら闘った。

（リンシェーピングの助祭に）あれは、どういう訴えであったかな。

わかっているくせに、喋るのが面倒くさいから、助祭に委《まか》せたらしい。

助祭「私が記憶するところでは、二件ございました。

一つは、妻の不義の相手とされる男を殺害した夫が無罪となったとき、妻が異議を申し立て、自分はその男と関わりは持っていない、夫は無辜《むこ》の者を殺した殺人者であり、この判決は妻自身の名誉を傷つけるものであると抗議し、決闘により神意を伺うことになりました。

女が勝ち、汚名を雪《すす》ぎ、男は殺人と偽誓の罪で死刑となりました。

裁判開始の前に、己が潔白であると神の御前で宣誓することは、どなたもご承知ですな。

決闘に負け有罪となる。それは、偽誓をなしたことを意味します。

この罪は重い。

もう一件は、強姦された娘が相手を訴え、決闘裁判を行いました。

男は無罪を宣誓し、決闘の結果、娘は闘いきれず、途中で降伏。

死刑にはなりませんでしたが、偽誓の罪で娘は両手を切断されました。

どちらの場合も平等な闘いがなされるよう、体力において数段勝る男にさまざまな制約がなされたことは申すまでもありません。

司教「そうであったな。

ヨハン「ああ、なんということだ。

このひとをそんな目にあわせることは……
取り下げます。私は告訴を取り下げます。
すべてを諦めます。
ああ……ああ……（取り乱したさま）
ギースリ「つまり、お前さんは自分の不正を認めたんだな。
正しければ、あんたの代闘士は必ず勝つ。
俺を相手に、女であろうと。
あるいは、お前さんは神様を信じていない。
神様が正しい裁きをなさると思っていない。
そういうことだ。
神父さま、こんな不信心者をお許しになるんですか。
ヨハン「神父さま、私は信仰篤き者でございます。
神は常に正しいお裁きを下されると信じております。
そうして、私の主張は、けっして間違ってはおりません。
私が闘うべきでしょう。
だが、脚が……
神よ、奇跡を。
私の脚が動きますよう……

司祭「奇跡を願ってはならぬ。
それは神を試すことだ。
ソルゲル「そっちが告訴を取り下げるのなら、こっちが告訴する。
神父さま、このザクセン人は、俺たちを盗っ人扱いした。
これからも、新しい都市リューベックからの船はくるだろう。
その度に、俺たちのやり方に難癖をつけられては煩《わずら》わしくてならない。
なあ、みんな、そうだろう？
はっきり白黒をつけたほうがよい。
ギースリ、やれ。
富商２「そのとおりだが、ノヴゴロドと勝手に直取引をするのは
ギースリ「それは別の問題だ。
ごた混ぜにしないでくれ。
俺自身の意見としては、俺はあんたたちとの取引を大切にするよ。
ソルゲル「訴訟《そしょう》がどうだろうと、俺はヘルガを息子の妻とは認めんぞ。
俺たちを誹《そし》る奴の代理に闘う。
まったく……こんな女は初めてだ。
たとえ、前言をひるがえし詫びを入れようと、許さん。
司祭「離婚は許されぬ。

人々ざわざわ。不審そう。

ソルゲル「不埒《ふらち》な嫁を追ん出すのに、何の不都合が

司祭「（聖書を開き）マタイによる福音書。

以下ラテン語で述べるので、ソルゲルらは理解不能。ラテン語を解する富商らと、ノヴゴロドの三人は理解。

司祭「（ゴットランドの言葉で）神の合わせ給いし者は、人これを離すべからず。

ソルゲル「いつの間にそんな……

エイリーク「（妹の傍《そば》に寄り）父さんに詫びろ。そして家に帰ってこい。

カルル「（兄に）そうして一生縮こまって暮らすのか。

オーラヴ「許さん。ヘルガ、貴様は父親に、このオーラヴ・セグンスソンに恥をかかせたのだぞ。うちに戻ってきたら、納屋《なや》に閉じこめてやる。

ギースリ「（独り言めかして、しかし誰にでも聞こえるように）納屋のほうが、夫婦の寝床よりヘルガには居心地がいいだろうな。

再び蹴りをいれようとするヘルガを、アグネとヨハンが止めようとする。力及ばず。寸前に、二人の兄がヘルガを囲むようにして止める。エギルはどういう態度を取るべきか決めかねて、うろうろ。

エイリーク「何があったのだ。

ヘルガ「(頑《かたく》なに無言)

カルル「ザクセン人の代わりに闘うわけにはいかないが、お前が此奴《こいつ》の侮辱を許さず裁判にかけて闘うというのなら、俺が代わって此奴をぶちのめしてやる。

ギースリ、いささか怯む。

ヘルガ「司教さま。

司教「うむ?

ヘルガ「ヨハンの訴えを、取り上げてくださいませ。
わたしが、代わりに闘います。
神様が、正しい者に勝利をお与えくださいます。

カルル「それでは、俺が代わりに立てないじゃないか。
ザクセン人は、ゴットランド人のすべてを敵にまわしているんだぞ。

富商1「(傍白)あながち、すべてというわけではないが。だが、口は出すまい。

ヴァシリイ「（傍白）あのザクセン商人と直取引をすれば、琥珀も塩も廉価で入手できる……。ふむ……」

司教「神の裁きにお任せしよう。

だが、あくまでも平等な条件でな。

此方は十五歳であったな。

（ギースリに）汝は？

ギースリ「年でございますか。二十三になります。

司教「（助祭に）十五歳の娘と二十三歳の男。

助祭「よほど、体力の差を縮めなくては、公平な闘いとは申せませんな。

暗転

†

小石の目方が量られる。衆目が集まる。

アグネはヘルガの手を握りしめる。慄《ふる》えているのはどちらの手か。

決闘場にあてられた広場は柵で囲われ、その中央に穴が掘られつつある。石灰岩が基盤をなす島ではあるが、男の腰までの深さに掘り下げるのは、墓穴掘りを職とする者たちにはさして困難ではないようだ。広さは体の向きを自由に変える余裕のある程度とされる。

前もって、二人の体格差が調べられた。ギースリはさほど大柄ではないが、ヘルガの頭はギースリの肩のあたりだ。ヘルガの骨格は十五歳の娘としてはしっかりしているほうだけれど、二十三の男にくらべたら華奢《きゃしゃ》に見える。腕の太さも長さも、大きな差がある。

山羊と兎ぐらいの差があるように、アグネには思えてしまう。

ギースリは前もって穴を検分することを許されていない。深さは浅く、大きさは広く、と穴掘りに賄賂をつかませて頼む機会を得られなかった。賄賂に成功しても、公衆の面前で穴の大きさは確認されるから不正はできない仕組みであったが。

細長い布袋がヘルガの武器としてととのえられた。

厳密に重量を測定された丸い石が袋に投じ入れられる。根元が縫い絞られる。ヘルガは端を持ち振り回してみる。ギースリの武器は棍棒である。

リンシェーピングの二つの例も、こういう武器で闘ったそうだ。女が勝った例では、男は穴の中に立たされた上、左腕を背中に縛りつけられていたという。それほど体格に差があったのだろう。同じように穴を用いても、男の両腕が自由であったもう一例では、娘は降伏し両手を切断されている。ギースリの両腕は自由だという。

決闘場をととのえるのに、ほぼ一日を要した。父たちはいったん村に帰った。ヘルガは教会につづく司祭館の一隅にヨハンとともに身をおいた。アグネはヘルガと行動を共にした。平素のソルゲルなら幼い娘を怒鳴りつけ力ずくで家に連れ帰るところだが、このときは許した。リンシェーピングの助祭が司教の意向を伝えたゆえでもあるが、この事態はソルゲルの理解を超えていた。突然彼の知らない顔を見せた娘を、どう扱ったものか困惑したのである。

ヘルガは外に出て幾度も石袋を振り回し、扱いに慣れようとした。左手に短剣を持てば勝てるね。アグネは言った。石袋をぶん回して相手の首に巻きつけ、左手の短剣で刺し殺す。あいにく、武器を勝手に増やすことは許されない。

夕食は司祭館で豆のスープが供された。ヨハンはほとんど食べなかった。

寝《しん》に就《つ》く前に、アグネは礼拝堂に行き祭壇の前に跪《ひざまず》いて祈った。どちらの言い分が正しいのかアグネにはわからない。神様にお任せするほかはない。ヘルガが無事でありますように。

ヘルガがあんな布袋で棍棒と闘うことになるなんて、思いもしませんでした。かみさま。ヨハンは体の中に火が燃えているみたいで、動けなくなりました。わたしは今、恐ろしいことを考えてしまいました。ああ、思っただけでも罪になるのでしょうか。ヨハンがいなくなれば……召されれば。ヘルガは闘わなくてすむ。勝手に心に泛《う》かんだのです。悪魔がわたしに言ったのです。わたしじゃない。わたしはそんなことは願わない。取り消します。でも、いったん思ってしまったことは、許されるのでしょうか。許しを請うことも許されないほど、ひどいこと……です。心から消えないのです。わたしに悪魔が取り憑いている。どうして……かみさま、どうしてヘルガは、ヨハンに代わって……

足音が近づいた。

ヘルガは裸足《はだし》であった。

短い祈りを捧げてから、アグネの肩に手をかけ、姿が見えないから探しにきたと言った。互いの腕を相手の背に回して礼拝堂を出た。悪魔がすっと離れていくとアグネは感じた。夜の匂いが鼻腔《びこう》から体の中に流れこんだ。

翌日、ヘルガはリンシェーピングの助祭に伴われ、礼拝堂に向かった。立つことのできないヨハンは、部屋の隅で身を強張《こわば》らせ祈るのみであった。アグネはヘルガのあとに続いた。振りかえった助祭と目があった。助祭は目元を和らげたが、身振りで、そこにいろと示した。ヨハンのもとに一人留まるのは怕《こわ》い。悪魔が戻ってくる。ヘルガを危険な場に立たせたヨハンへの不快さを掻きたてる。いや、北の古い邪神の働きかけかもしれない。

礼拝堂の戸口までアグネはそっとついていった。内部には、司教やヴィスビューの司祭、そうしてギースリもすでにいた。

祭壇の上に置かれた福音書に手を添え、ヘルガは前もって司祭から教えられていた宣誓の言葉を陳べた。神およびすべての聖人聖女ならびにここに在《あ》る聖なる言葉よ。

ヨハンには一片の不正もない。船荷の所有権はヨハンにある。それを奪うのは盗みである。そうヘルガは誓った。氷柱《つらら》を金属の細い棒で叩くような声だと、アグネは思った。それまでに聞いたことのない声音であった。

次いでギースリが、ヘルガの言葉を否定し、鴉が叫ぶような声で——そうアグネには聞こえた——正義は自分にあると誓った。

第二の誓約を唱えるヘルガの声は、少し低まった。神およびすべての聖人聖女よ。私をお助けください。私は、ただ私の身体と今ここで示したこの武器のほかには、何も持っていないこと、どんな策略も魔法も手にしていないことを誓います。

アグネは怯《おび》えた。わたしと一緒に悪魔がこの場に入り込んではいないか。わたしは悪魔を連れ込んでしまった……いいえ、いいえ。

中央に穴が掘られた決闘場の土は、砂利《じゃり》一つないよう平らに均《なら》されていた。円形に取り囲む柵の二カ所に開けられた出入り口は、まだ横棒で塞《ふさ》がれている。一段高く組まれた足場に設けられたのは、司教と司祭、助祭らのための座である。

柵の周囲に人々が集まってくる。ヴィスビューの住人が多いが、その中に父ソルゲルとその男たちを、出入り口の傍に立ったアグネは見分けた。母がこないのは当然だが、兄エギルもいない。ヘルガは明らかに夫の意に背いた。それを禁じられなかった不甲斐なさを衆人から責められると思っているのだろう……と、アグネは推し量る。

ヘルガの二人の兄はやってきたのに父オーラヴはこない。表立って娘を応援することはできない立場だ。観戦は辛すぎるのかもしれない。

アグネは柵の際《きわ》にしゃがみ込んだ。伏せた目に、先端の尖《とが》った山羊革の沓《くつ》が近づいてくるのが映る。踏みにじられた罌粟《けし》のはなびらと山羊の糞が沓底からはみ出している。目を上げる。左脇に立ったのは、ノヴゴロドのヴァシリイであった。後からきた息子に、ここにこい、というふうにアグネとの間のわずかな隙間を指した。小さいアグネはヴァシリイの目には入らなかったようだ。アグネは立ち上がり、少し脇に避けた。そちら側にはマトヴェイが立って、アグネはユーリイとマトヴェイが作るアーチの中に守られているように感じた。二人はアグネを見下ろした。その表情を、やさしいとアグネは感じた。去年ノヴゴロドの三人がソルゲルの農場を訪れたとき、アグネは誰とも話を交わさなかったが、父たちとの会話から名前はわかっていた。マトヴェイが身分の低い従者であることも様子から察しがついた。髪は雪の色に似て、眉も同様に淡く、くぼんだ眼の色もまた、淡かった。それだけのことなのに、白い綺麗な鳥を見たように、白い精悍な馬を見たように、惹かれたのだった。

高く組まれた席の椅子を司教らが占めた。

二つの出入り口の横棒がはずされ、長い棒を持った男にそれぞれ先導されて、ヘルガとギースリが入場してきた。

アグネの目の前を通り過ぎたのはギースリだ。衝動的に唾を吐きかけそうになった。口をすぼめた段階で理性が働き、自分の足元に吐き出した。唾の小さい泡を少しの間みつめた。目の端を掠《かす》めたギースリの棍棒は、一方の端が少し太く、先端を円錐形に尖らせてあった。

長い棒を持った二人は介添《かいぞ》え役である。決闘者の一方が倒れたときや中止を求めたとき、棒を差し入れて制止する。そう、アグネは前もって教えられていた。当然のことだが、介添えは二人ともゴットランドの者だ。公平じゃない。ノヴゴロド人なら中立だろうけれど、神判だから異端が関わることはできない。

他に数人の男が棍棒を持って警備に当たっている。見物は静粛を求められる。神聖な行事である。声を上げてはならぬ。そう言い渡される。

穴を隔てて、ギースリとヘルガが向かい合う。海鳥が彼らの上を舞い、飛び去る。翼の影が地の上に少し残り踊る。

穴の向こうのヘルガを、アグネはほぼ正面から見る。ギースリと同様、短いチュニックにベルトを締めた農夫の服装である。長い裾は邪魔になる。髪はこれも農夫の被り物である椀形の帽子の中にある。ヘルガの頰の皮膚が細かく痙攣《けいれん》している。

角笛を合図に、ギースリが穴に飛び降り、平らな底に両足を踏みしめて立った。腰のあたりから下が穴の中だ。

ヘルガは不利だ。アグネは気づく。

穴の深さは、頭の位置が同じになる程度であるべきだった。深すぎる。

腕を振り上げ石袋をまわせば、ギースリの頭上を掠めるだけだ。やや下に方向を定めてまわすのは難しい。

棍棒は、いきなりヘルガの脚を狙った。辛うじて避ける。穴の周囲を移動しながら石袋が横殴りにギースリの頭を襲う。ギースリは身を竦《すく》め、石袋は空振りする。足を狙う棍棒と頭を狙う石袋。幾度か同じ攻防がくり返される。

ギースリは戦法を変えた。円を描いて襲う石袋を、掲げた棍棒で受けた。勢いで、石袋は棍棒に絡まる。

力ずくでギースリは棍棒を引き寄せる。ヘルガは踏みとどまる。腕の力はギースリがまさる。じりじりと、穴の縁に引きずられる。落ちないためには石袋を手放すほかはないが、それは決闘放棄にひとしい。

突然、ヘルガが地を蹴る。跳び上がった足がギースリの顎を突き上げた。仰向けに倒れた後頭部が穴の縁に打ち当たる。反動でヘルガもまたのけぞり、背中から地に倒れる。石袋は棍棒に巻きついたままヘルガの手に残った。ヘルガが立ち直るより、ギースリが跳ね起きるほうが一瞬早く、仰のいたヘルガにのしかかる。両手でヘルガの頸《くび》を絞めにかかる。もがきながら、ヘルガの右手は石袋の巻きついた棍棒で、ギースリの後頭部を殴りつけた。ギースリの手が頸から離れ、腰の力が抜けて穴の底に尻餅をつく。巻きついた石袋を素早くはずし、ヘルガは棍棒を遠くに放り投げ、立ち上がった。

ギースリは朦朧としている。武器はない。ぶん殴れ、ヘルガ。思いっきり、その石で。アグネは叫ぶ。しかし、介添えの一人がヘルガの前に棒を突き出し、行動を抑えている。

もう一人の介添えが、棍棒を拾って走り戻ってきた。穴の中にうずくまるギースリに渡す。狡《ずる》いぞ。声を上げたのはヘルガの次兄カルルだ。警備の者が警告する。静かに！

勝敗はついたじゃないか。カルルは言い返す。ギースリは武器を失った。その時点でギースリは敗北した。

ザクセン人の味方か、お前は。冷たい声を、見物の誰かが浴びせる。

エイリークが弟の肩を抱き、なだめる。

ヘルガは立ち上がる。

踏み開いたヘルガの両脚の間に、いきなり、ギースリが棍棒の先端を突き上げた。股間に刺さる寸前に、跳び退く。その足首を棍棒が払う。棒の先端をヘルガは踏みつけた。武器から手を放すや、ギースリは両手で、ヘルガの左脚を摑み、引きずる。その頭を、ヘルガの右手の石が打ち叩いた。ギースリの手から力が抜ける。

ヘルガはギースリの頸に石袋を巻きつける。絞り上げる前に、ギースリの手には棍棒が戻っていた。介添えが手渡したのだ。ギースリが振り回した棍棒は、ヘルガの脇腹を強打した。頸を絞めた力が緩む。石袋をふりほどくと同時にギースリはヘルガの両脚の間に頭を突っ込み、両足首を握り立ち上がった。ギースリの背でヘルガは逆吊りになり、穴の底に崩れ落ちていく。

アグネは、自分の体が重くなってしゃがみ込むのを感じた。意識が宙に残って、うずくまり嘔吐する自分を見下ろした。束の間のことで、意識は体と一つになり、吐いた液が小さい鏡のように目の前にあった。闘うヘルガの幻像がその上に映る。ヘルガは翼を広げる。

大きいあたたかい手が背に触れた。白い布が手渡された。口のなかに残る粘っこい苦い液を吐き出し、布で口のまわりを拭《ふ》く。汚れた布を大きい手が受け取った。

立ち上がっても、穴の中の様子はわからない。

見物たちも内部を見たいのだろう。柵が軋《きし》む。

咆吼《ほうこう》が聞こえた。すすり泣くような呻《うめ》き声に変わった。

指が穴の縁にかかった。力を込め、体を持ち上げる。

頭が出てくる。帽子は脱げ、露わになった髪が乱れてヘルガの顔を隠していた。腕は肘《ひじ》まで地を這《は》って現れる。

引きずり上げてやってよ。助けろよ。アグネは叫んでいる。声は勝手に喉からほとばしる。

奇妙な声が穴の底から聞こえたのは、ギースリが踏み台にされたのか。

介添えは穴を覗きこむ。

柵を乗り越えようとするカルルを、エイリークが引き留める。

這い出したヘルガは素手だ。立ち上がる。顔の前に垂れる髪をかき上げる。その一部は赤く重く濡れ、口のまわりから顎にかけて、裂いた獲物の腹に鼻を突っ込んだ犬みたいになっている。

介添えがヘルガの動きを棒で制止する間に、警備の男たちがギースリを穴から引きずり上げた。闘いを続けるかどうか訊《たず》ねられ、ギースリは首を振り、うずくまった。

†

背景は黒の幕のみ。

頂点が平らなピラミッドのような台。

これも黒い幕で覆われている。

頂点に座を据え、司教。下にヴィスビューの司祭、および教会関係者。

警備の者たち。

端に、長柄の巨大な斧を持った刑吏。

上手《かみて》にヘルガ。女性の服装に戻っている。髪は血を洗い落としたため水に濡れている。顔も洗ったのだが、わずかに残る血の痕。二人の兄が、ヘルガの体を両脇からそれとなく支えている。傍らにアグネ。

少し離れてノヴゴロドの三人。

下手《しもて》にギースリ。右の太腿に巻いた布に血が滲《にじ》んでいる。二人の介添えが彼を支える。

その近くにソルゲルとその男たち。

彼らの後に、影のように群衆。その中に商人たちもいる。

時折、波が寄せる音、水鳥の羽ばたき、よぎる翼の影。

ギースリ「異議を申し立てます。

これは人間同士の決闘じゃない。

(敗訴となれば極刑だから、必死である)

俺は若い女と闘ったつもりだった。

しかし、俺の相手は野獣だった。

悪魔に憑かれた獣だ。俺は野獣に襲われた。

司教、リンシェーピングの助祭に何か言う。

ギースリは助祭の言葉を待つが相手は無言なので、続ける。


ギースリ「この決闘は、成立しません。

反則だ。

誓約違反だ。

その糞女は、決められた武器を使わなかった。

助祭「〈司教の指示を受け、冷静に告げる〉ヘルガ・オーラヴスドーティルは、こう誓約した。

〈私の身体と今ここで示したこの武器のほかには、何も持っていないこと、どんな策略も魔法も手にしていないことを誓います。〉

ヘルガ・オーラヴスドーティルの歯は、彼女の身体である。

歯を用いることは、何ら誓約に反してはおらぬ。

司祭「ギースリ・イングヴァルスソン、汝の敗北は汝が神を欺《あざむ》いたことを証《あかし》する。

偽誓の罪を犯した者には厳刑が下される。


刑吏が威嚇的に斧の長柄の先を地に打ちつける。

助祭「汝の両手は

この少し前から、アグネたちの後ろにヨハンが到着している。彼を運んできた下男に助けられ、半ば地を這いつつ進み出る。


ヨハン「神の厳正なお裁きによって私は勝訴いたしましたが、この地の人々が酷《むご》い刑を受けることは望みません。

私の望みは、リューベックとヴィスビューが親密に結ばれ、共に栄えることです。

司教さま、どうぞ、そのようにお計らいくださいませ。


助祭「(司教の意を受けて)ギースリの偽誓の大罪は、リューベックの商人ヨハン、汝の恣意《しい》によって消滅するものではない。


ヨハン「争いが続くことを神様はお望みになるのでしょうか。

彼が極刑を受ければ、この地の人々はリューベックの商人に強い憎悪を持つでしょう。

交易は、互いの信頼の上に成り立ちます。

今後、リューベックの商人をヴィスビューの方々がこころよく受け入れ、協力すると誓ってくださればば、そうして、海難船の積荷を保護していただければ、十分なのです。


助祭「(司教の意を受けて)偽誓の罪を、原告の温情で帳消しにすることは許されぬ。

しかし、ギースリ・イングヴァルスソン、汝の罪を消すことはできる。

（息を呑むギースリを焦《じ》らすように少し間をおいて）敗者は、財貨をもってその手を買い戻すことが、決闘裁判の法によって――すなわち神の名において――許されておる。

人々のざわめき。


ギースリ「おおッ！　ありがとうございます。

おお！　おお！　ああ！

俺は信仰篤き者です。

神様、司教さま、感謝します。

俺は、ソルゲル・ボズヴァルスソンの代理として闘ったのです。

敗訴したのは、ソルゲルです。

俺の両手はソルゲル・ボズヴァルスソンが買い戻します。

ソルゲル「俺が？　否《ネイ》！

助祭「ギースリ・イングヴァルスソンの敗北は、すなわち汝ソルゲル・ボズヴァルスソンの敗訴を意味する。

汝もまた、処刑
ソルゲル「買い戻すよ！　買い戻します。くそっ！　くそったれ！

助祭「神聖なる決闘場において雑言を撒《ま》き散らすのは、瀆神的な行為である。

神罰を被ることを覚悟せよ。

ソルゲル「くそっ！　なんてこった。

取り消します、懺悔《ざんげ》します、くそっ！

俺が闘えばよかった。

こんな若造に任せたのが間違いだ。

俺なら、一打ちで叩きのめしたのに。

司教「(小耳に挟んだとみえ、助祭に) その男が闘うとあれば、右腕を背に括《くく》りつけ、さらに両脚をも
縛りあげた上で、となろう。

それでもまだ公平とは言えまいが。

富商1「(群衆の中から進み出て) お訊ねいたします。

ソルゲルが支払う相手は、誰なのでしょう。

(半ば突っ伏しているヨハンを指し) 彼に払うのですか。

助祭「虚偽を誓った償いとして、神に捧げるに決まっておろうが。

ヴァシリイ「(小声で息子に) なんと、強欲なことだ。

儲《もう》けるのは教会か。

これだから
ユーリイ「(マトヴェイに小声で) 異端は、と言いたいわけだ。

ヴァシリイ「異端は。

司教、身振りでこの場を去ることを司祭に伝える。

司祭「両手買い戻しの詳細については、司祭館にて。


司教、司祭、助祭ら教会関係者と、促されたソルゲル、ギースリ、共に司祭館に。

他の見物や商人たちも散っていく。

残ったのは、ヨハン、ヘルガ、アグネ、ヘルガの二人の兄、そうしてノヴゴロドの三人。

ヨハンは、何をおいてもまず真っ先にヘルガに礼を言うべきなのに、消耗しきったのか、目を向けもしない。

エイリークとカルルはヘルガの傍に寄る。

エイリーク「帰ろう。
ヘルガ「(首を振る)
エイリーク「離婚は禁じられていると司祭さまは仰せになるが、別れて住むことまで禁止はなさるまい。
カルル「あんな奴のところにいるな。帰ってこい。

親父は納屋に閉じこめると言ったが、そんなことはさせない。

ヴァシリイ「（ヨハンに）貴公がリューベックに渡る船を、私がこの地で仕立てよう。我が息子を同乗させる。

ヨハン「なんと……


ユーリイとマトヴェイ、顔を見合わせる。


ヴァシリイ「ザクセン公が新たに建設されたという都市の商人方と縁を結びたい。この土地の農夫が我々と直取引をするのは問題になるらしいが、リューベックとの取引は、我々の自由だ。

（ユーリイに）商人としての修業だ。

（ヨハンには聞こえないように）これは状況視察なのだ。

軽々しい買い付けはするな。

まず、十分に見きわめてこい。

マトヴェイ、勤めを果たせ。

（普通の声になって）私はこの地で、お前たちの帰りを待つ間に商用をすべてすませる。

そうして共に帰国しよう。

（朗らかな声でヨハンに）さあ、我々の商館でひとまず。

ヴァシリイ、気負って、先に立ち歩き出す。
ヨハンが弱って歩けないことは念頭にないらしい。
ユーリイとマトヴェイが肩を貸し、上手袖に退場。

ヘルガ「わたしは、その船に乗る。

背景の黒幕が透け、リューベックの俯瞰図《ふかんず》が現れる。
川が二筋に分かれ、弧を描いてまた一つに合する、水に抱かれた中洲に、木造の家々が、市場と港を取り巻いて集落を作っている。

アグネ「(背景に視線は向けず) ヘルガ!

幕

3

われは知る、稲妻に裂かるゝ空を、竜巻を、
また寄せ返す波頭《なみ》、走る潮流《みづ》、夕《ゆふべ》送れば、
曙光《あけぼの》は、むれ立つ鳩かと湧きたちて、
時に、この眼の視《み》しものを、他人《ひと》は夢かと惑ふらむ。
――「酩酊船」アルチュウル・ランボオ　小林秀雄訳――

4

俺は見る。海面《うなも》を。空虚《むなしき》を。

ヴィスビューの港を出て三日になる。

沖に多くの帆船が停泊し、ヴィスビューの桟橋《さんばし》との間を艀《はしけ》の群れが行き交い、荷を運ぶ。市《いち》が開かれ、ヴィスビューは賑わい立つ。

ノヴゴロドから、商人団が到着するころだ。ヴァシリイがなぜ彼らと行動を共にせずひとり先行したのか、俺はいささか不審に思う。ヴァシリイも加入しているイヴァン商人団の統率者ミトロファンとは、表面上はうまくやっているが陰で激しく競り合う仲だ。ミトロファンに先駆けて何か商談を進めておくつもりなのかもしれない。

ヨハンは航路の知識はない。リューベックからの船の乗り組みはすべて水死したと思われる。ゴットランド人の水夫が水先案内をつとめる。新興の都市リューベックは水夫にも未知の地だが、位置の見当はつくと言っている。能《あと》うかぎり陸地を視野に入れつつ、船は南下する。

出航までの間、ヨハンは商館で養生した。ヘルガも共に留まった。

ノヴゴロドとゴットランドは古くから交流があり、ノヴゴロドにはゴットランド人が商館をおき、商人は互いの言葉を知る機会が多い。ゴットランドの言葉をほぼ用いて、我々とヨハンは齟齬《そご》少なく話を交わせた。

リューベックの商人たちは、これから永続的にヴィスビューと交易をしたいと願っています。そうヨハンは言った。私はリューベックに帰ったら、仲間と相談し、個人ではなく商人団を組織して、ヴィスビューの方々と協定を結ぶことを考えています。交易は、一方が他方の利を奪うものであってはならない。双方が納得できるよう、双方に十分な利が生じるよう、談合しましょう。二度と、裁判だの決闘だので決着をつけることはなくてすむよう。

獅子公と呼ばれるザクセン大公から都市特権を授与されていることを、ヨハンは幾度となく強調した。意図してのことではないだろうが、ヨハンは背後の力の強大さを示したのだ。

アグネはしばしばやってきた。市に売り物を運んでくる父たちと一緒だ。ヘルガに会いにノヴゴロドの商館にきて、一日の市が閉まるのを知らせる鐘が鳴ると、父の荷馬車で帰って行くのだった。ヴァシリイが何か買い付ける商談で他出しているとき、俺たち――ユーリイとヘルガとアグネ――はヨハンの話を聞いた。父親がいない場では、ユーリイから皮肉な言動が消える。

ヨハンの言によれば、新しい街リューベックをまず建設したのは、獅子公の封臣ホルシュタイン伯であったという。未開の土地ホルシュタインの経済的発展を願い、その拠点として、二つの川に囲まれた島を選び、十分な土地を与えるという条件で西方の先進地から入植者を集めた。

ヨハンの父は呼びかけに応じた一人であった。十七年前のことだ。妻と小さい息子を伴い、ヴェストファーレンから移住した。ヨハンは八歳だった。

河口から少し遡《さかのぼ》るこの地は商業の発展に適しており繁栄しつつあったが、「私が十二になった年、恐ろしいことがあって、父も母も死んだ」とヨハンは言った。

異教徒が襲撃してきた。船団を組んで、トラーヴェ川を遡り押し寄せた。「教皇さまが集めた十字軍が、昔からこの地に棲みつきキリスト教への改宗を拒む異教徒を討伐していたから、先回りしてリューベックを占拠しようとしたらしい。異教徒どもは、リューベックの船を焼いたり、住民を捕らえて殺したりした」ヨハンの両親はその際、「殺された」と一言だけヨハンは言った。詳述するのは辛すぎるのだろう。「異教徒の首長はニクロートという男だそうだ」

俺は思った。ローマの教皇は、ルーシの正教も認めない。正教はカトリックを認めない。俺は正教徒であるはずだが、神の恩寵は奴隷にはない。牛馬が信仰を持たないように、俺も信じ仰ぐ対象を持たない。航路を知らぬ船が大海原を進むように生きる。時に、心細くはなる。何か確固たるものがあったら、と思う。そう思う自分を認めたくない。

親を殺されたヨハンは異教徒を激しく憎む。俺は異教からもカトリックからも正教からも、等しく離れた一点に立つ。カトリックは異教徒を殺さなかったか。今なお、殺し尽くそうとしていないか。

「ホルシュタイン伯の傭兵たちがリューベック救出の軍を差し向けたと知って、異教徒は退《しりぞ》いた」

孤児になったヨハンを、同郷の出身で親しくしていた商人夫婦が引き取り養育してくれた。彼らは幸運にも襲撃から逃げのびたのだった。商人として必要なことをヨハンはみっちり教え込まれた。養い親はゴットランドから商いにくる者たちと交流もあり、島の言葉をヨハンは聞きおぼえた。夫婦にはヨハンより二つ年上の娘がいた。ヨハンが二十になった年、その娘ヴァンダと結婚し、すぐに男の子が生まれた。

植民者は、もともと財産を持つ者もほぼ無一文で移ってきた者もいる。職人も多かった。大工、船大工、靴屋、仕立屋、鍛冶屋、樽職人、織物師、金細工師、陶工、蠟燭作り、皮鞣《なめ》し、粉屋。成功して富を増す商人。零細な行商人。富める者と貧しい者の差がたちまち広がり、ヨハンの義父は有力な富商の一人となった。

義父とヨハンには躍動的な未来が開けていた。

「三年前」ヨハンは言った。その声音は少しつまった。大火事が街を焼き払った。火元はわからない。茅葺《かやぶ》きに板壁の家々は盛大な薪《まき》となり、街は一夜で失せた。

「怖かっただろうね」珍しくユーリイが口を挟んだ。愚かしい質問だと俺は思った。

「幼い息子を守るのに必死だったから」ヨハンは言った。「怖いと思う余裕もなかった。怖くなったのは避難先に落ち着いてしばらくしてからだ」

無関係な者の想像力のほうが、事実を描き出すかもしれない。大火災はおそらく旋風を巻き起こし、炎は太い火柱となり、今頭上で咆吼している帆のような轟音をたてただろう。逃げ走る者の頭上に、燃える梁《はり》が崩れ落ちてきただろう。

「船が嵐に揉まれているときのほうが恐ろしかった」

ヘルガに目を向け、ヨハンは表情に深い感謝をあらわした。

ようやくまともに話せるほどに快復したとき、「あなたには、どんな言葉でも感謝しきれない」真情が溢れ出るようにヨハンは言った。

だが、俺は一抹の不安を持つ。ヨハンを信じ切れない。彼に代わって闘い、死に物狂いで勝利を得たヘルガに一言の礼もせず、ヴァシリイに招じられるままに去った。他をかえりみる余裕もないほど衰弱してはいただろう。だが、そういうときこそ、本性があらわれるのではないか。

「火は逃げることができる。嵐は避けられない」

「それでも、また乗るんだね」アグネが言った。

「乗るよ。私は交易商人だからね」

言葉は勇ましいが、ヨハンは自分の脚に目をやり頼りなげな表情になった。

獅子公が、リューベックに対抗して造った街に人々は避難した。しかしそこは地の利が悪く、賑わいそうもなかった。

封臣であるホルシュタイン伯に、獅子公は焦土リューベックを譲渡させ、街の再建にかかった。

「最初に移住したときの情景が再現されるようだった」

ヨハンの一家は避難地からいち早く戻ってきた。

「何もなかった。雑草がはびこっているほかは。他の人々も帰還し、新たな入植者も移住し、住まいが増えている最中だ。しかし、義母が病み、神に召された」

獅子公の目的はリューベックを交易の中心地として大きく発展させることだ。大公の支援を受け、ヨハンの義父もその一人である富商たちは共同で出資し、船を造らせた。義父は自ら乗り込み、修業の目的でヨハンを同行させるつもりであった。出航間際に義父は倒れ、召された。「私は義父の遺志を継いだ」ヨハンのほかに数人の商人が乗船したが、「生き延びたのは私一人だ」そう言って、もう一度ヘルガに表情で感謝を示した。

「リューベックに女の商人はいる？」ヘルガが訊《き》いた。

「市《いち》で売り買いする女はいる。近隣の農家から穀物だの手造りの乳酪だの手織りの粗末な布などを売りにくる女たちも」

「あんたのように船に乗って、遠くまで商売に出る女は？」

「リューベックは新しい街だ。船を造り、ここまで遠い海路《うなじ》をたどったのは、私たちが初めてだ」

「初めてのことをやったんだね」

「悲しい犠牲を出したが」

「船に乗る女の商人も、誰かが、初めてのことをやる」

「遠い国々との交易は、生易しいことではないよ。文字の読み書きができなくてはならない。正確に素早く、数を足し引きする能力も必要だ」

「ヨハンが教えてくれる？」

「そうだね」ヨハンは微笑んだ。「まずラテン語の読み書きを学ばないと。商人の文書はラテン語で記される」

「ラテン語？　どこの言葉？」

ヨハンは即答できず、少し考えてから「教会の言葉だ」と言った。

「難しい？」

「難しい」

「わたしも」アグネが言った。「ヘルガと一緒に行きたい」

「もう少し大きくなったら」ヘルガはギースリを倒したときの形相とは別人のような表情を義妹に見せた。「わたしが迎えにくる。それまでに、教会で読み書きを習っときな」

子供の夢想だ。旅がどれほど辛いか知らない。

いま、ヘルガは帆綱《ほづな》を操る水夫たちや、先端に鉛の錘《おもり》のついた縄を海中に投じ水深を測る水先人の動きを、興味深げに眺めている。結《ゆ》い上げてうなじを見せていた長い髪を、今は三つ組みに編んで背に垂らしている。

ヴィスビューの最有力商人は、情報を集めるため、甥のグンナルという男を同船させ、試みに交易用の荷も少々託した。グンナルはヨハンと共に船尾の狭い甲板室でくつろいでいる。

ヨハンは杖に頼ればどうにか歩ける程度に快復していた。ヴァシリイが息子に期待するのは、この談笑の仲間に入って情報を仕入れ、親交を深めることだろうが、あいにくユーリイにはその気がない。俺は聞き耳を立てる。

リューベックからほど近いリューネブルクという地で、濃い塩水を地下から汲み上げている。煮詰めて塩を製造する。獅子公はリューネブルクの塩の独占販売権をリューベックの商人に与えた。より多く生産するために、煮詰める釜を増設し人手も増やしている最中だ。そうヨハンは語った。また沿岸の地で潤沢に採掘される琥珀《こはく》も、リューベックの商人たちは買い集めているという。イコンの制作に不可欠な琥珀の、ノヴゴロドでの需要は多い。リューベックの商人たちは、ノヴゴロドからの毛皮と蜜蠟を欲している。

ヘルガの傍らで妹と行を共にしたカルルが水夫たちと話を交わし、ユーリイと並んだ俺はこの頑丈な帆布を織った女たちを思う。俺が奴隷だからだ。頭上ではためく巨大な帆の唸りを女たちの歔欷《きよき》と聴く。密度濃く分厚く織り上げ縫い合わせ一枚の帆とするのに、七百頭分の羊毛が必要だと、船乗りたちから聞いている。羊の獣脂で防水し、丈《たけ》は空に届くほど、幅は船のそれより広い帆に仕立て上げた者たちを思う。俺が奴隷だからだ。ルーシの妖精ドミカは床板の下に住み、夜あらわれて糸を紡ぐと、年寄りは話して聞かせるけれど、紡ぐのも織るのも女たちだ。機《はた》を織る女は海を知るまい。自由な時を持つまい。暁より薄暮まで杼《ひ》を走らせ続けねばなるまい。

俺が有する自由は、見ること、聞き留めること、思考することだけだ。考えを口にすることと行動することには、厳しい枷《かせ》がかけられている。

ヴァシリイは俺を所有する。俺が唯一所有するのは俺の生《せい》の時間だが、それも自由に使うことはできない。

去年、ノヴゴロドとヴィスビューを往復する航海が、俺の生の時間を潰した。今回も往路は同じだった。ヴォルホフの急流を川船で下り、ラドガ湖を渡り、湖を水源とする茫漠《ぼうばく》たるネヴァ川を下り、河口で大型の帆船に乗り換え、人夫を雇って荷を積み替え、湾を西に横切り、海をゴットランドまで南下。海。鼻腔を刺激したのは、俺が初めて知るにおいであった。

俺はどうも納得できないのだ。オーラヴはなぜ、娘の突拍子もない行動を許したのか。娘に怖れを持ったのか。ヘルガの二人の兄、エイリークとカルルが妹を珠玉としているのは見てとれた。その妹が実情の分からぬ遠い新興の都市に渡ることに二人は危惧《きぐ》をおぼえなかったのか。危ぶんだからこそ、カルルが護衛についてきたのだろうが、普通なら制止するのではないか。父親が禁じたから、息子たちは反抗したのか。もしかしたら、と俺は思う。長男エイリークは新しい商路を得る利を考えたのではないか。エイリークはそれほど利に敏《さと》いか？　利に対してはわからないが、父親より賢《さと》いことは確かだろう。

いや、ギースリの陰湿な恨みを買ったであろうヘルガの、身の安全を慮《おもんぱか》って兄たちはヘルガが島を出ることに同意し協力したのかもしれない。

島では、すでに奇妙な噂が広がっていた。あの女はフェンリルの化身だ。フェンリルとは何か？　アグネに訊いたら、北の邪神ロキと巨人族の女の間に生まれた、狼の姿をした邪悪この上ない怪物だという。最初に言い出したのはギースリか。ユーリイや俺の耳に届くくらいだから、相当に口の端《は》に上っているのだろう。

ヘルガが夫エギルに何の愛情も持っていないことは、俺にさえ見て取れる。むしろ嫌悪している。激しく。そうかといってリューベックの商人に心惹かれているふうでもない。

俺はヘルガと長い親しい交わりがあったわけではない。ほんの数カ月だ。それでも気質の幾分かは感じ取れる。

決闘裁判で、「わたしが闘う」と、突然宣言した、その直前のエギルとソルゲルのやりとりが思い浮かぶ。「ヨハンに食わせるパンも麦粥もない。物乞いで食っていけばいい」というエギルの言葉に、ソルゲルは、「動けるようになるまでは、俺が養ってやる」と応じた。「それが慈悲というものだ」〈慈悲〉義父のその尊大な言葉が、押し込めていたヘルガの感情を炸裂させたのだ。

己が強い翼を持つと、ヘルガは確信したのか。いや、無自覚だろう。翼は風雪にたやすく折れるだろう。十五の女の子に飛べる空なら、俺が奴隷の鎖を断ち切り飛翔している。

カトリックの司祭は、別居を許したのだそうだ。カルルがユーリイと俺に伝えたところによると、教会法は〈完全に成立し秘蹟とされた結婚〉だけを分かつことができないと定めたので、〈完全に成立していない結婚〉はベッドと食卓を分けること——別居——を認めている。そう、カトリックの司祭は言ったそうだ。完全に成立していない結婚。どういう意味だ？　口ごもりながら、エギルはヘルガと肉体で結ぶことができなかったのだと、カルルは告げた。ヘルガが司祭にそう言ったのか。エギルも司祭の前で認めた。神様がご覧になっている場所で嘘はつけない。ギースリも、エギルからそう聞いたと証言した。司祭の耳には届かない陰で、泥酔したエギルがギースリに零《こぼ》した言葉を、カルルに嗤《わら》いとともに洩らした、山羊とは何度もやっているのに、ヘルガには機能しなかった。山羊の件は司祭には懺悔もできない。昔から、独り身の牧夫などは普通にやっているのだけれど、司祭の説くところでは神の許し給わぬ大罪とされている。

別居は許されるが離婚はできない。夫と初めて過ごした夜は、ヘルガにとっては手籠めにされる状態だったのではないかと俺は推《すい》した。法と神によって許されている強姦だ。

アグネの同行は、当然ながら父ソルゲルが許さなかった。息子の妻が異国の男の代理としてゴットランド人と闘い、しかも勝った。それだけでもソルゲルは立つ瀬がなかろう。息子エギルは妻に怯えきっている。

これからアグネが辛い時を過ごすようになるのではないか。面目を失した父親と両脚の間に尻尾をはさんだ犬のようなエギルが唯一力を誇示できる相手は、幼いアグネだ。

アグネが俺に関心を持っているのは感じ取れた。だが、俺が完全奴隷《ホロープ》と知ったら。人間の姿をしてはいるが、家畜なのだと知ったら。ゴットランドにも奴隷身分の者はいる。しかし、ルーシのホロープとは異なるようだ。

アグネ。遠ざかる島にいるお前に語ろう。漂泊楽師《スコモローフ》が琴《グースリ》を奏でながら唄うように。いや、誰にともなく語ろう。誰にも聞こえぬ声で。遡れば、俺の母の父は本来は人間であった。俺は人間であったという祖父の顔を知らない。名も知らない。母からこぼれ落ちる言葉の断片を俺は繋いだ。キエフの大公が軍を率いてミンスクに攻め込んだ。住民も家畜も洗いざらい、大公の軍勢は捕獲した。母の父は広大な土地を領有するミンスクの貴族であったというよ。しかし何の意味も持たない。

巨大な帆が音をたてる。吹きつける風はどこで生まれるのか。

元の身分がどうあろうと、捕虜は奴隷だ。自由のひとかけらもない完全奴隷《ホロープ》。これも完全奴隷である女——女の場合はローバと呼ばれる——と結婚させられ、母が生まれた。母は生まれながらにして完全女奴隷《ローバ》だ。何人もの奴隷商人の手を経てノヴゴロドのヴァシリイに売られ、そうして俺を産んだ。俺もまた、生まれながらのホロープだ。父が誰なのか、俺は知らない。俺に告げぬまま、母は召された。神に？　牛馬の死は神の思《おぼ》し召《め》しではない。孕《はら》ませたのはヴァシリイではないかと俺は疑っている。奴は快楽とともに財産を一人……一つ増やしたのだ。正式にローバを妻にしたら、その者の身分はホロープになる。弄《もてあそ》んだだけで名乗らなければ、無傷だ。

ホロープ、ローバは、自由民から明瞭に区別された、主《あるじ》の意のままに売買される奴隷ではあるけれど、課せられる仕事は肉体労働ばかりではない。知識を身につけ、所領地の管理事務を担う者もいる。ユーリイの遊び相手に俺は選ばれた。商人の後継者としてユーリイは教育を受ける。俺も一緒に学んだ。

あのころ、俺はまだ、自分がヴァシリイの所有物だとは知らなかった。俺のほかにもホロープは大勢いたが、単に主人と下僕ぐらいに思っていたのだ。ユーリイと対等ではないことは弁《わきま》えていた。不思議なほど、ユーリイと俺の間にいざこざが起きることはなかった。俺のほうが年上であったし。

教会で、数人の子供たちと共に読み書きを習った。

幼い子供が最初に与えられるのは、一端にそれぞれ二つ穴を開け、革紐をとおして結い綴じた二枚の板だ。羊皮紙の書物のように、開き閉じることができる。開いて内側をみせた左の板には文字の手本が刻まれ、右の板は四囲の枠を残して彫りくぼめ、蠟を流し入れ固めてある。骨や金属で作られた筆具《ピサロ》で、文字を刻む。削れば蠟面は平らになり、繰り返し使用できる。

弱い小さい指に少し力がつくと、大人が用いるのと同じ、加工した白樺樹皮《ベリョースタ》を与えられる。羊皮紙はおそろしく高価だ。ヴァシリイは羊皮紙の薄い祈禱書を持っているが、馬三頭に相当する値《あたい》だったそうだ。

白樺の林は果てしれず続く。その樹皮なら惜しげもなく使い捨てることができる。蠟板《ろうばん》より力を込めて、縦に横に斜めに、文字を構成する線を刻まねばならないが。

使い古して破れ捨ててある手籠《てかご》を見つけるたびに、ユーリイと俺は嬉々として、編み上げられた細帯状の樹皮をばらした。俺たちが必要としたのは、厚みのある楕円形の底板であった。

俺は文字を刻むのに使ったが、ユーリイは絵を刻んだ。馬に乗り槍を振るう騎士。説明されなければ、まるでわけのわからない絵ではあったが。

教会に集まって受ける授業は退屈だった。漆喰《しっくい》を塗った壁に、子供たちはこっそり落書きを刻んだ。教師は激怒し犯人を捜すのだが、密告する者はいなかった。馬だと称する蛇のような代物を刻んでいる現場を、ユーリイは教師に見つかってしまった。教会に多額の寄付をしている豪商ヴァシリイの息子を罰する代わりに、教師の容赦ない笞《むち》は俺を打ち据えた。骨が折れたかと思うほどの痛みに数日動けなかった。ヴァシリイは教師に激しく苦情を言い、そのとき俺は思い知らされたのだった。ヴァシリイが咎めたのは彼の所有物が毀損《きそん》されたことであり、賠償はヴァシリイに支払われた。ものの役に立たなくなった牛馬は撲殺される。俺は有能な働き者であらねばならない。己が身を護るために。

ノヴゴロド人が用いる文字の読み書きおよびラテン語の読み書きに加え、商いの相手であるゴットランド人の言葉と文字をおぼえた。これからは、ザクセンの文字の読み書きも学ぶべきだろう。ザクセンの文字は、ゴットランドのそれとほぼ等しい。

誰にも隷属せず、海は、在る。ただ、在る。風に支配されると言えるだろうか。烈風によって海は荒れ狂う。海の変容は風がもたらす。風よ、お前が主であるなら、俺は仕えよう。奴隷としてではなく。海として。そうだろうか。海が風を狂わせるのではないか。

航海が順調なら明日はリューベックに着く。そう水先人が告げた。

順調ではない。夕暮れ、凪《な》いだ。そよとの風も吹かず、落陽は船を海に釘付けにした。船は風に仕える奴隷か。

5

空き地には周辺の森から切り出した樫の丸太が山積みで、大工たちが樹皮を剝ぎ、釿《ちような》で削り、二人がかりの縦挽《たてび》き鋸《のこぎり》で挽き割り、荷馬車がさらに新しい丸太を運び込み、蹄の音やらかけ声やらが騒々しい。その間隙を豚がうろつき、犬が走りまわる。

茅葺き屋根の木造家屋が街のあちらこちらに増えつつある。

聖マリエン教会の前の広場には焼亡前と同じように――いっそう賑やかに――市《いち》が立っている。二つの樽に渡した板の上にぐんにゃり並んだ生魚が陽を浴びて臭い汁を垂らし、穀物を詰めた袋が山積みになり、こぼれ落ちた粒を鶏があさる。桟の粗い檻に詰め込まれた鵞鳥《がちょう》どもが騒ぐ。

その間を抜けて、トラーヴェ河畔のじめじめした船着場に今日もヴァンダは立った。ともすれば走りまわろうとする小さいヤーコプの手を握りしめ、川下を眺める。ヴァンダと同じように夫や父の帰りを待つ女たち、子供たちが集まっている。乗船はせず出資だけした者や買い付けた品々を託した者たちも加わる。

見るからに高価な服装と堂々とした態度でひときわ目立つ女がいる。ヴァンダより七つ八つ年上のヒルデグントは、リューベックの商人の中でも最有力の人物オルデリヒの妹で、夫は、ヨハンらと共に船に乗っている。ヴァンダはヒルデグントをいささか苦手に感じている。ヴァンダの父は生前、オルデリヒと肩を並べるほど勢いがあった。その威勢がヴァンダをも輝かせていた――輝いていたと、ヴァンダは思うのだ――が、ヨハンでは貫禄が違いすぎる。ヒルデグントのほうでは、ヴァンダにまったく関心を示さない。

川に突き出た桟橋を利用する帆船は小作りなものばかりだ。岸辺の水深は浅いので、ヴィスビュー行きに用いたような大きい船は川のまん中あたりに留まり、艀《はしけ》を用いねばならない。

対岸は造船の場になっている。新しい大型の船を建造中だ。

近隣の荷を運ぶ小型の船の行き来が激しい。海沿いの地であれば、河口からトラーヴェ川を上る方が、陸路より安全で速い。

帆船が見えた。人々はどよめいたが、「見知らぬ旗だ」「リューベックの船ではない」声があがる。ヴァンダも見定める。夫が帰ってきたのではない。肩を落としヤーコプの手を引いて家に帰る。ヒルデグントも去って行く。

ヨハンとヴァンダの家のあたりは、工事中の騒々しさは終わっている。父と母が揃っているときは楽しかった。孤児になったヨハンを引き取ってからは、いっそう楽しくなったし、ヨハンを正式に夫にし、じきにヤーコプが生まれたときの喜びは、出産の苦痛を忘れるほどだった。悪魔に取り憑かれないように、ヴァンダが産褥を離れる前に父と母とヨハンがまだ目も開かないヤーコプを布でしっかり包《くる》んで捧みたいにし、小さい教会に連れて行き洗礼を授かった。

そしてあの大火災。帰ってこられはしたけれど、母が病死し、父も出航直前に神に召され、家族はヴァンダと夫と息子の三人になった。しかも夫は長い船旅。

家に入る。汲み置きの水が少なくなっている。広場の井戸から運ぶよう下女に命じた。空の桶を提げて、老いた下女はよろめきながら外に出て行く。あれはもう役に立たないね。ヴァンダは思う。このままではこっちが養ってやる羽目になる。あれの息子が漁師をしている。引き取らせてもっと若いのを雇わなくては。ヨハンが帰ってきたら、そう言おう。

教会の鐘が響いた。弥撒《ミサ》を告げる鐘だ。定時ではないのに。

ほとんど同時に、教会の下僕がヴァンダに知らせにきた。ヴィスビューからの船が着いた。ヨハンが乗っている。リューベックの船は往路嵐で沈み、乗船者は皆死んだ。ヨハンだけ助かった。

ああ、神様！

死者のための弥撒が行われる。ヨハンに神様のご加護があったことを感謝する祈りも。急いで。父の葬儀のときに着た菫色の服に慌ただしく着替え、ヤーコプの泥まみれの服も洗ってあるものに替えた。身支度が調うと、下僕はヤーコプを抱き上げた。

大工たちが立ち働く教会の前に、十代半ばと思われる少女が一人と十七、八から二十ぐらいの若者が三人、人待ち顔に佇《たたず》んでいるのを見かけた。

どれも見知らぬ顔だ。若者の中で一番年下に見える者と一番年上らしい者——金髪の色が淡くて、雪を盛り上げたみたいだ——の異国の服装が目についた。年下のは上着の袖口、衿まわり、裾が豪奢《ごうしゃ》な刺繡入りの布で縁取られ、年上のは飾りのない粗末な服だ。少女ともう一人の若者は、見るからに農家の者だが、かくべつ変わった服ではない。気に留めず、ヴァンダは教会の中に半ば駆け足で入った。

死者の家族たちがすでに集まっていた。ヴァンダは背伸びして、その向こうにヨハンを探した。祭壇に近いあたりに、オルデリヒとヒルデグントがいる。夫の死を知ったばかりなのに、ヒルデグントは悲しみにうち沈んでいる様子はない。ヨハンともうひとり風采のよい見知らぬ商人も一緒にいる。彼らは何か話し合っている。人々に遮《さえぎ》られ、ヴァンダは近づけない。

杖に身を託し片脚を引きずるヨハンと抱擁を交わせたのは、弥撒が終わってからだ。夫を息子を兄を亡くした者たちの憎しみさえ混じる視線を浴びながら、片手にヤーコプを抱き寄せたヨハンの胸にヴァンダは顔を埋めた。

†

人物
ヘルガ
カルル
ユーリイ
マトヴェイ

ヨハン
ヴァンダ
ヤーコプ

グンナル（ヴィスビューの富商の甥）
オルデリヒ（リューベックの豪商）
ヒルデグント（その妹にして、難破で水死した商人の寡婦《かふ》）

群衆

教会の前に佇む四人。ヘルガ、カルル、ユーリイ、マトヴェイ。

ユーリイとマトヴェイの服装は、この街にあっては人目を惹く。異国人であることが一目で分かる。ユーリイが富貴でありマトヴェイは従者であることも、服装の華美と粗末の差から歴然としている。

教会の出入り口から、人の群れが溢れ出てくる。オルデリヒ、その妹のヒルデグント、そうしてグンナルがいる。

ヒルデグントは、黙って立っているだけでも目立つ。兄のオルデリヒよりさらに堂々としている。威厳すらある。夫を失ったにもかかわらず、悲しみの表情はない。

群れの中に杖をついたヨハン、片腕を支え歩を合わせるヴァンダ。あまりに強く身を寄せるので、ヨハンの歩行を助けるより、妨げになりかねない。

ヤーコプが走り出す。ヴァンダは後を追う。

ヨハン、ヘルガたちに気づき、双方歩み寄る。

ヨハンに向けられる周囲の人々の目は、刺々《とげとげ》しい。

人々は次第にヨハンを取り囲む形になり、人垣がヘルガたちとヨハンを隔てる。人々の悪意、憎しみがじわじわとヨハンに迫る。

群衆の間から、誰とも分からぬ幾つもの声が、小さい呟《つぶや》きから罵声に変わろうとする。

声「身勝手な。

声「一人だけ……

ヨハン「（オルデリヒとヒルデグントに促され、両手を上げ）皆さん、聞いてください。

私は一人だけ助かりました。

声「悪魔に助けられたんだろうよ。

ヨハン「私は自分の船荷を確保するだけで精一杯でした。

声「だから身勝手だと。

ヨハン「（少しためらい、オルデリヒとヒルデグントにさらに強く促され）この幸運を、私は皆さんと分かち合おうと思います。

（吐息をつき）私が得た利益はすべて、出資分に応じて分配します。


ようやくヤーコプをつかまえたヴァンダが、驚いて振りかえり、背伸びして夫に目を向ける。人々もざわめくが、オルデリヒとヒルデグント、グンナルは泰然としている。

ヨハンは、視線をオルデリヒに向ける。これでいいでしょうか、と問う表情だ。オルデリヒはうなずく。


ヨハン「本来なら得られるべきであった利益には及びもつかない僅《わず》かな額ではありますが、私の誠意と思ってもらえないでしょうか。

オルデリヒ「誰も異存はあるまい。（人々を見渡す。ヒルデグントも同様）割り振りなどについて、これから我々の会館で協議をしよう。

ヴァンダ「（人垣をわけて走り寄り）ヨハンは疲れています。まず、うちで休ませてください。談合は明日にでも。

ヨハン「（哀願するような目顔で妻を制止し）その前に、引き合わせたい人たちがいます。

ヘルガたちを招く。

ヨハン「先ほど、弥撤の後で司祭さまと皆さんに話した決闘裁判で、私の代わりに闘って勝利を得てくれたのが、このヘルガです。

ざわめき。こんな女の子が。信じられん。相手も子供だったのか。

グンナル「（オルデリヒにひそひそと）それについては、いささか不穏な話もありましてな。

オルデリヒ「それは是非聞かせていただこう。

グンナル「ゴットランドには、いまだに古い異教の邪神を崇めておる無知蒙昧《むちもうまい》な輩《やから》もおるのですよ。だいたい、あのような小娘が屈強な男に、（ひそひそと囁《ささや》き続ける）

ヨハン「海難事故に遭った船荷の保障を談合する、その素地ができたのも、ヘルガが私を助けてくれたからです。

オルデリヒは、隣にいる商人の一人に、グンナルの言葉をひそひそと伝える。

商人はさらに、傍にいる者に。他の者も寄ってくる。囁きは次第に広まる。

険しい視線がヘルガに向けられる。

何の話か、というふうに、ヒルデグントが兄オルデリヒに問いかける。

オルデリヒ、小声で告げる。

ヒルデグントはグンナルを見つめる。グンナル、目をそらす。ヒルデグントはヘルガに目を向ける。

ヴァンダ「（ヘルガに進み寄って）ありがとう、ありがとう。
私の夫を助けてくれてありがとう。（すぐに離れる）
（傍白）こんな女の子が決闘……。なんだか怕《こわ》い。

群衆の一人がヘルガを指さし、ヴァンダにささやく。

ヴァンダ、身震いする。

ヨハン「ヘルガは将来、我々のような交易商人になることを望んでいます。
オルデリヒ「（冗談だろうと言うように薄笑いを浮かべて聞き流し）この三人の若者たちは？
二人は異国の者と見受けるが。
ヨハン「（まずカルルの肩に手をおき）ヘルガの兄、カルルです。

オルデリヒ「ヴィスビューの商人の息子かね。

グンナル「父親は農夫ですよ。

（小声で）無知蒙昧な。

ヨハン「兄妹の父は、広い土地を持ち、穀物の栽培と牧畜を行っています。

オルデリヒ「（グンナルと目配せをかわす）農夫の小倅《こせがれ》が交易商人を希望？

ヨハン「希望しているのはヘルガです。

カルルは妹の付き添いです。

オルデリヒ「付き添いが要るようなひ弱な小娘に、遠国交易は無理だ。

その異国の若者は？

ヨハン「ノヴゴロドの商人の子息です。

オルデリヒ「おお、ノヴゴロドから。（両手をひろげて歓迎）

まだ若いのに、よくぞはるばる。

ユーリイ「＊＊＊＊＊（ノヴゴロドの言葉で挨拶したので、オルデリヒは理解できない）

ヨハン「彼の父ヴァシリイはノヴゴロドで最も有力な商人の一人です。

本来ならヴァシリイ自身が訪れるところですが、ヴィスビューに滞在して、交易の最中です。

ヴァシリイはリューベックと親密な関係を持つことを望み、息子を当地に送り出しました。

会議の席に彼が列席することを、許可していただきたい。

オルデリヒ「彼は我々の言葉を解するのか？

ヨハン「彼はゴットランドの言葉を解します。

ゴットランドの言葉は我々の言語と近いものがあります。

ユーリイはゴットランド語に堪能なわけではありません。

たどたどしい。

ヘルガを同席させていただければ、役に立ちます。

ユーリイの言わんとすることをヘルガが正確なゴットランド語で話せば、我々もほぼ理解できます。

グンナル「その仲立ちなら、私がつとめる。

私のゴットランドの言葉は、オルデリヒ殿に通じた。

私もオルデリヒ殿の言葉を理解できた。

ヨハン「(ヘルガに)俺の家で休んでおいで。

(ヴァンダに)俺の恩人を大切にもてなしてくれ。

ヴァンダ「でも……この人……(言いかけて口をつぐむ)

オルデリヒとグンナル、有力商人たちは、先に歩き出す。その中には、ヒルデグントも交じっている。

他の女たちが数人、走り寄り、ヒルデグントに話しかける。

ヒルデグントは、まかせなさい、というように頷《うなず》いて、兄たちと共に上手に去る。


ヨハン「大切にもてなしてくれ。頼んだぞ。(先に歩き出したオルデリヒ、グンナル、有力商人らの後を

追い、よろよろと去る）

ヴァンダは怯えた顔でヘルガを見、曖昧に誘い、ヤーコプの手を引いて下手に。カルルとヘルガはついて行く。

†

文字を刻めるように加工された白樺樹皮《ベリョースタ》の束を、俺は携《たずさ》えてきている。先端を尖《とが》らせた骨製の筆具《ピサロ》で一文字一文字刻みつけていく。その作業が好ましい。俺の唯一の所有物である時間が、刻みつけられることによって〈形〉になる。

俺は、刻む。短い一つの言葉は、記されていない多量の事実と、記すことのできない俺の内面を含む。他人が一瞥《いちべつ》しても意味はわかるまい。言葉と言葉の間を繋げるのは俺だけだ。

会合のあいだ、ユーリイはほとんど口を挟まなかった。

ザクセン人の言葉はわからない。

ヒルデグントが、断固として、自分の取り分、寡婦となった他の女たちの取り分が、男たちと同様であるように主張しているのは、察しがついた。

ユーリイと俺には関わりのない話だ。

その後、グンナルはオルデリヒの自宅への招待に応じ、ヨハンがユーリイと俺を住まいに伴った。リューベックはまだ市壁もなく市庁舎もなく都市とは呼び難《がた》いものの、活気は感じる。ヨハンの家は他の家々と変わらない木造茅葺きだが、かなり大きいほうだ。母屋《おもや》から鉤《かぎ》の手に別棟がのびている。竈《かまど》を据えた広い部屋の壁際に、樽や梱《こり》が積み上げてある。ヨハンが持ち帰った商品だ。ヴァシリイに託された品々もここに運びこまれた。ヘルガの荷として、羊毛をぎっしり詰め込んだ十数の袋がある。エギルとの結婚に際しヘルガは羊や牛馬を持参したが、それらをヘルガが勝手に売ることはできない。エイリークは刈りとってある羊毛を商売の元手としてヘルガに貸し与えるよう、父オーラヴに迫った。ヘルガがそれで利を得たら徐々に父に返すという条件で、オーラヴは渋い顔ではあったが承知した。

ヴァシリイの商品の一部は、ユーリイと俺の滞在費としてヨハンに渡した。

食卓は、ヨハン一家のほかにヘルガとカルル、ユーリイと俺、四人の訪問者を加えても十分なほど大きい。小さい息子はヨハンの膝に乗ったまま眠り込んでいる。

ヴァンダはユーリイと俺には愛想がいいが、ヘルガとの間には何かぎごちないものを俺は感じた。夕餉《ゆうげ》がすでに用意されていた。牛の乳で煮込んだ麦粥は珍しくないけれど、魚を包んで焼いたパイは美味だった。旨い、と俺たちは思わず頷きあい、部屋の隅で黙々と繕い物をしていた老いた下女が、俯《うつむ》いていた顔を上げ表情をゆるめた。

食事が済むと、ヴァンダはヨハンの膝から子供を抱き取り、板壁で半分仕切った向こうに連れて行った。寝床があるようだ。そのとき、振りかえってヘルガの様子をうかがった。のろのろと食事の後始末をする下女にヘルガが手を貸しているのを見届け、板壁の向こうに姿は隠れた。

ヴァンダの薄笑い。あれは何を意味するのか。内心の声を俺は聴きとる。「女のやるべきことは弁《わきま》えているんだね。よしよし」

俺は手伝った。俺はホロープだから〈男〉の領域にいない。〈女〉の領域にもいない。自由民の男は〈女の仕事〉はしない。

鉤の手に突き出した部分が、俺たち四人の寝所にあてられた。ヴァンダの両親が健在なとき、ヨハンとヴァンダがここを使っていたそうだ。納屋《なや》か倉庫のように半分くらいは雑多な荷で埋まってるのを俺たちは片寄せ、休む場所を空けた。

6

風は夏の海面《うなも》を薄く削る。アグネは海を見下ろす。

背後には、アグネが爪先立ち、手を一杯にのばしてようやく頂点に指先がとどくほどの石碑が立つ。今では用いられなくなった古い文字が刻まれている。遠い祖が長い船で海を渡り、強奪殺戮《ごうだつさつりく》をまじえての交易の成果を、誇りをもって刻んだものだ。ゴットランド島では珍しくない。干し草作りで刈りとった跡に、また牧草は伸び始めている。

リューベックに向かった船は、まだ帰ってこない。

ヘルガの消息を伝える船は戻らない。胸元に手をやる。銀に碧色《みどり》の石を嵌《は》めた留め金は、ヘルガがくれた。

ヴィスビューの市《いち》は賑わっている。父と兄は他の男たちを引き連れ、絞りたての新鮮な乳だの、獲れたての魚だの、ライ麦だの、夏の初めに刈り取りまだ捌《さば》ききれない羊の冬毛だの、それを紡いで織った目の粗い布だの、荷車に山と積んだ干し草だのを市に運ぶ。アグネは突然、丘を走り下り、厩《うまや》から馬を牽《ひ》き出して飛び乗った。

ヴィスビューの小さい教会の窓から射す外光は乏しく、祭壇は薄闇に溶け込んでいる。

アグネは跪《ひざまず》いた。小さい疑惑が、アグネの心に巣くっている。司祭さまは、主キリストを信じるものだけが天国に行けると説かれる。教会が出来る前に——古い神々しかいなかった時代に——死んだ者は、みんな地獄にいるんだろうか。曾祖父ビョルンはもうほとんどものを食べず、受けつけるのは咽《のど》を潤《うるお》す酒だけだ。息はしているし、時々枯れ枝のような両脚の間を汚す。死んだら地獄に落ちるんだろうか。何だか納得しきれないのだけれど、神様の前でそんなことを思ってはいけない。

人の気配に気づいたのか、司祭が顔を見せた。

ソルゲルの小さい娘だね。懺悔にきたのかね。

お願いがあるのです。舌の付け根が少し引き攣《つ》れる気がする。司祭さまと二人だけで面と向かって話をするのは初めてだ。緊張している。ヘルガは正しいと、神様が認めてくださった。そうですよね。

そのとおりだよ、小さいアグネ。

ひどい噂がひろがっているのを、司祭さまも知ってますよね。

大きく頷いてくれるとアグネは思ったのだが、司祭の応じ方は曖昧であった。

ヘルガが姿を見せたら、石を投げてやるって。もう一度神判にかけるって。

司教さまのもとで神意を問う決闘裁判は行われた。ならば熱湯神判も冷水神判も行われて当然だ、と言い張る者たちが増えている。

積極的に噂をひろめているのは決闘で負けたギースリと兄のエギルだ。ヘルガが生きているかぎり俺はほかの女と正式な結婚はできないと、エギルは憤懣《ふんまん》を口にする。けれど、そんなことまで司祭さまには言えない。

ヘルガがフェンリルの化身だったら、あのとき邪悪な異教徒が正しいキリスト教徒に勝ったってことになりますよね。つっかえながら、アグネはそういう意味のことを途切《とぎ》れ途切れに言った。みんなにそう教えて噂を消してください。頼みながら、司祭さまは頼りにならないと感じた。

リンシェーピングの司教さまが一喝してくださったら。あのお方の言葉は力強い。

神様に祈りなさい。司祭はそれしか言わない。

教会の外に出たら、エイリークがいた。肩に手をかけられて、アグネはエイリークの胸に頭を少し寄せた。

お前がなんだか思い詰めた顔で入っていくのを見かけたから。エイリークは言った。気になって。

エギルじゃなくてエイリークが本当の兄さんだったらいいのにな。親父さんのオーラヴは大嫌いだけど、エイリークとカルルとヘルガ、三人の兄妹の、わたしが四人目だったらいいのにな。リンシェーピングに行きたいんだけどな。アグネは言った。わたしが海鳥だったら、リンシェーピングに飛んでいって、司教さまにお願いするんだけどな。

リンシェーピングは遠い。エイリークは言った。

海の向こうの大きい街。アグネが知るのはそれだけだ。でも、リューベックはもっと遠いよね。ヘルガは行った。一人で。ああ、ヨハンと一緒だけれど。ヨハンはヘルガを護れない。大人なのに。ヘルガより弱い。

カルルがついている、とエイリークは言った。

アグネの足は自ずと船着場に向かう。エイリークが一緒に歩く。途中でアグネは不意に立ち止まった。

「帰る」

そうか、とエイリークは言った。「俺も帰ろう」

教会の前に繋いである馬に、二人で乗った。丘の中腹で下馬した。馬の腹が波打っていた。

夕陽を浴びて断面が輝く石碑に、アグネの影がのびる。アグネは思う。わたしは今日は何をしているんだろう。

寂寥という言葉をアグネは知らないけれど、一人でいると居たたまれなくなるし、人の群れの中にいると一人になりたいと思う。

哀しさが水みたいに躰《からだ》の中にじわじわ溜まって、瞼《まぶた》のふちまで迫り上がる。

「ヘルガは」と言いかけて黙った。その先を声にしたら、号泣になる。

7

わたしの白樺なる
ノヴゴロドよ——
かつて森には、いくとせものわたしの
春の叫びが上がった、川を見下ろし、
わたしの日々の足音が響いた。

——「サルマチアの時」ヨハネス・ボブロフスキー　神品《こうしな》芳夫訳——

白樺の樹皮に、俺は短い言葉を刻む。

8

アグネ。遠い島にいるお前に語ろう。いや、誰にともなく語ろう。誰にも聞こえぬ声で。

〈ヴァンダ〉〈下女〉

商人とは何か、商売とは何かということに、ヘルガは興味も理解も持っていない、と俺は思う。ヘルガの目には、海だけがあった。女の子は錯覚した。自由に翼を広げ、海を行き来する姿しか見ていなかった。カルルはもとより商売にはまるで興味を持たない。ヘルガがリューベックで上手くやっていけると見極めがついたら、俺たちの船に乗ってヴィスビューに戻るつもりだ。ヘルガは〈上手くやって〉はいない。

ノヴゴロドもヴィスビューも市の立つ日は活気があるが、リューベックは焦土に再建された街であるからか、活気に加えて何か荒々しい落ち着きのなさを感じる。

市の売り場はそれぞれに割りふられ、一定の場に定められている。異国からきた娘が勝手に売り場を持つことはできない。ヨハンの力添えが必要なのだが、もう少し待ってくれ、とヨハンは言うばかりだ。

有力な商人たちの集まりに今日もヨハンは出かけた。おぼつかなく杖をつきながらだが歩行は可能になっている。ザクセン大公の意向と商人たちの望むところが一致し、商人団体を結成する動きが始まったのだそうだ。ノヴゴロドのイヴァン商人団に倣《なら》うつもりなのかもしれない。二十数年前に、当時のノヴゴロド公によって結成されたイヴァン商人団は、蜜蠟の販売権を独占し、他の地から訪れる商船の徴税権、度量衡の管理権、蜜蠟輸出の手数料徴収権と、さまざまな特権を公《こう》から与えられている。リューベックの商人団も何かと名目をつけて金をふんだくるのだろう。

オルデリヒが統率者に選ばれるらしい。ヨハンは今、その談合で手一杯なのだという。わたしの父さんが生きていれば、とヴァンダは言う。統率者に選ばれたに違いないわ。

富商たちの間で、若いヨハンは義父ほどの力を持たない。

ヴィスビューとの通商の基盤を作った功績を讃える声もあるのだが、大声にはならない。オルデリヒが若い力の台頭を抑えている。撥《は》ねのける器量がヨハンには欠けている。

〈ヒルデグント〉オルデリヒの妹であり、商人の寡婦であるあの女は、かなり発言力があるようだ。ヒルデグントの夫はオルデリヒに引き立てられて力を得たので、妻に頭があがらなかった。リューベックでは、女は市民権を与えられず発言権もないのだが、夫の死後、ヒルデグントが夫の代理のように商人の会合に同席している。

そんな事情を俺たちは知った。

その上、家にあってもヨハンの立場は強固ではないのだということも、ヴァンダの愚痴や罵りの言葉の端々から、俺たちは知る羽目になっていた。

一つは財産問題だ。孤児だったヨハンには、彼自身の資産といえるものはほとんどない。彼の両親は産を成す前に死んだ。一文無しの孤児をヴァンダの両親は引き取った。ヴィスビューとの交易品を買い付けた資本は、ヴァンダの父親が出していた。航海の直前義父が死んだ。父親の遺産はすべて一人娘のヴァンダが相続している。

ヴィスビューでの交易の利を海難者の遺族や出資者に分配するとヨハンが独断で決めたことに、ヴァンダは強い不満を持っている。わたしは受け取れる利益を失った。ことあるごとに、ヴァンダはそう言ってヨハンを責める。オルデリヒに強要されたのだ、とヨハンは弁解する。反対はできなかった。あの女もだね。ヴァンダは言う。オルデリヒの妹が、夫の取り分をよこせと喚《わめ》いたんだね。父さんなら、そんなごり押しは撥ねつけただろうに。

老いた下女をヴァンダは追い出し、その仕事を当然のようにヘルガに肩代わりさせている。

俺たちはしばしば市場《いちば》の様子を見に行く。

争論が起きていた。殴り合いになりそうな気配だ。振り当てられた場所に誰かが割り込んだとか、置いた荷が隣にはみ出したとか、そんなことが原因らしい。

ユーリイと俺の服装がこの地のものとは異なるせいか、いつもじろじろ眺められる。狼《ヴァルヴルフ》。ヘルガに目をやって囁く声が届く。そのくらいのザクセン語はわかるようになっていた。この土地にも、狼人間の伝承はある。グンネルが言い広めた悪評が定着してきている。たとえヨハンが場所を確保してくれても、穏やかに商いができる雰囲気ではない。だれかがヘルガを睨んで地に唾を吐いた。カルルの頬に血の色がのぼるのを見て、俺は帰ろうと促した。ここで喧嘩沙汰を起こしたら投獄されるのは俺たちだ。公平な裁判など望めない。

帰途、くちびるを引きしめたヘルガに、ユーリイが言った。「あんたの荷はおれが買い取ってもいい。おれの商い物の毛皮と交換しよう。あんたはそれをヨハンに売ればいい。銀と交換するのが一番いい」

銀はかさばらないし、保存もきく。〈銀は何より貴重だが〉ヴァシリイの言だ。〈交換すべき物品がなければ、鉄や鉛ほどの役にも立たない。〉それに対し、ユーリイが何を思ったか。〈銀の細工物は見た目にうるわしい。それだけで充分ではないか。〉生きていく上では、ヴァシリイの言が正しい。交換する品があれば、銀は何より便利で貴重だ。ノヴゴロドは貨幣を持たないけれど、銀は重量を一定にした細い延べ棒一個を一銀グリヴナ（およそ二〇〇g）としている。ザクセンの商人が用いる銀マルクと重量はほぼ同じだ。

「毛皮をヨハンに売って、銀を受け取る？　その銀で……」

「おれに売ってもいいよ」

「銀を？　そして、あんたから毛皮を買う？」

怪訝《けげん》そうにヘルガは言い、俺は吹き出した。ユーリイも笑い、つられてヘルガの表情もやわらいだ。

俺が養ってやる。それが慈悲というものだ。ヘルガを衝き動かしたのがソルゲルのこの一言であったのを、俺は忘れない。憐憫《れんびん》。お恵み。ヨハンはそれを屈辱と思う気力さえなかっただろう。服従。従順。それを拒んでヘルガは飛翔したのに、リューベックにも空はない。

ユーリイの冗談に、冬の大河のように氷結したヘルガが素直に笑ったのは、偽善の胡散臭《うさんくさ》さが微塵《みじん》もなかったからだろう。二人のあいだには航路が開けたのだろう。

「ここで、琥珀を手に入れるといい」ユーリイは言った。「おれの家と道路を挟んだ隣に、イコンの絵師が住んでいる」

「イコン？」

「主イエス、マリアさま、聖人を描いた画像」

「その人、琥珀が好きなの？」

「イコンを描くのに必要なんだ。だから、必ず売れる」

「石で絵を描くの？」

「琥珀は石じゃないいんだけど」

説明する前に、ヨハンの住まいに着いていた。

中庭でヴァンダが干してある服を籠に取り込んでいる。その傍《そば》にヤーコプがいる。同じ年頃の子らが遊んでいる。ヤーコプは自分の頰に指先を触れた。その指でそっと隣にいる子の首筋に触った。すぐにひっこめ、素知らぬ顔をした。ヤーコプの頰には吹き出物ができている。先端の膿を移したのだとわかった。ヤーコプが取りたてて変なガキというわけではない。分別がついていないだけだ、と思ってやろう。

読み書きの練習には、ここでも蠟板が用いられている。木の板に蜜蠟を薄く張ったものだ。金属や骨の尖筆《せんぴつ》で文字を書くのも、俺たちと同じだ。ヨハンは読み書きの道具をヘルガに貸し与え、羊皮紙に手本の文字を書いてくれている。ぶつぶつ呟きながらヘルガは書き写す。生まれ育った土地の文字の読み書きもできないヘルガだが、他国の言葉を学ぶのも商人になる修業のひとつだ。ユーリイと俺もヨハンから蠟板を買い取っている。一緒に学ぶ。子供のころ教会で読み書きを学んだように。俺たちはゴットランドの言葉の読み書きをすでに習得しているからさして困難ではないが、文字とは無縁に暮らしてきたヘルガには難業だ。カルルは中庭で薪を割る。ヴァンダに命じられている仕事だ。

俺はユーリイに言った。「穀物を買い込むのはどうだろう」幼いときから一緒に育ったから、他人のいないところでは、友達口調になる。「ノヴゴロドを発つ前、ライ麦の育ちがよくないと農夫たちが嘆いているのを耳にした。収穫期、俺たちはこっちだから現状はわからない。しかし四月から五月の初めにかけて育ちの悪かったものが、六月に急に成熟するとは思えない。今年はそれほどひどくなくても、来年の大不作の先触れかもしれない。土地が荒れてきている」

ノヴゴロドは恒常的に穀物が不足している。第一に耕作地が少ない。地味《ちみ》も痩せている。スモレンスクやキエフなど肥えた土壌に恵まれた南の都市との交易で補ってきた。

乾いた服や布の籠を抱えて、ヴァンダが入ってきた。ヤーコプが先に走り込む。空いた椅子によじのぼり、ヘルガの手から尖筆をとろうとする。ヘルガは払いのける。ヘルガとヤーコプは〈上手く〉いっていない。俺は自分の蠟板と尖筆をヤーコプに渡す。ヤーコプは投げ捨てる。

ヴァンダが寄ってきて、ヘルガに仕草をまじえて指図する。あの椅子に移りな。老いた下女が使っていた椅子だ。竈の傍の粗末な椅子に、蠟板と尖筆を持ったまま移ったヘルガの膝に、ヴァンダは籠の中身をどさっと置いた。「あんたの仕事は、これ。破れているのを選《え》り分けて、繕うの」筆記用具を取りあげようとする。ヘルガは拒んで立ち上がり、布は床に落ちた。

ヘルガはそれ以上強い態度を示してヴァンダを脅えさせるわけにはいかない。噂に根拠を与えることになる。

「洗濯物を取り込むのだって、本来はあんたの仕事なんだよ」ヴァンダは言い募《つの》る。「大目に見てやったんだから、ちっとは手を貸しな」

言い争いに気づいたカルルが入ってきた。斧を手にした姿にヴァンダは息を呑み、逃げようとして、疲れた顔で帰宅したヨハンとぶつかった。

「狼女がわたしを襲った」ヨハンにしがみついてヴァンダは訴える。

ヨハンはヘルガとカルルに目を向け、少し脅えた顔になった。ヴァンダにしがみつかれたままヨハンは杖を床に落とし、息子を抱き上げた。少し途惑《とまど》ったヤーコプは、取りあえず大声で泣きわめくことにした。

夕食にしよう。ヨハンはヴァンダに言い、ヤーコプを床に下ろし杖を拾った。父親の脚に抱きついてヤーコプは盛大に泣き続けたが、やがて飽きて母親のスカートにじゃれ始めた。

「わたしは商人の見習いになったので、下女に雇われたんじゃない」ヘルガは抗議する。

「違う！」ヨハンの背に身を隠し、顔だけのぞかせてヴァンダは叫ぶ。「あんたは下女だよ。ヨハンも認めている」

「ヘルガ、さあ、食事の支度をしておくれ。みんな空腹だ」促すヨハンに、「ヘルガは」ユーリイが強い語気で口を挟んだ。「あなたのために、そうしてリューベックの商人のために闘ったのだ。ヘルガを貶《おとし》めるのは、あなた自身とリューベックの商人たちを貶めることになる」

ここまで強く他人に対するユーリイを俺は初めて見た。

「貶めてはいない。どんな職業でも、弟子入りした見習いは、まず雑用をこなすものなのだよ。最初の数年は無給だ。いろいろ教えを受けるのだから」

〈屈辱〉俺は屈辱の中で生まれ、その中で育った。俺は屈辱に対する耐性を身につけている。

エギルとの夜は、ヘルガにとって初めての激しい屈辱であったろう。リューベックでの日々はここにいる限り続く屈辱だ。

それにしても、と俺は思う。グンナルはなぜ、ヘルガが狼女だと言いふらしたのか。面白半分に言ったことが広まって、訂正のしようもないのか。ヴィスビューでヘルガがフェンリルの化身と恐れられていると事実を伝えただけだ。それがグンナルの言《い》い分《ぶん》かもしれない。が、ヘルガを潰すことで何か利があるのか。ある。ヘルガは農夫の娘だ。ヴィスビューの商人たちは、農夫が異国の商人と直接交易することを強く警戒している。

部屋に戻ってから、ユーリイは珍しく真剣に考え込んでいた。

俺に目を向け、ひそめた声で言った。「穀物を大量に買い込もう。荷を全部穀物に換えてもいい」

「全部?」

「不作の話はさっき初めて聞いた。親父も他のノヴゴロドの商人たちも知らない。知っていれば誰もが穀物を買い付け、値が上がる」

「商人の賢《さか》しさを身につけたな」

思わず笑い出しそうになるのを、俺は抑えた。ヨハンとヴァンダの耳に届いてはならない。不作と知れば、売り手は値をつり上げてくる。

「しかし」ユーリイは言った。「不作は、農民にも穀物を食べて生きる者にも、辛いことだな。人の不幸につけこんで利を得るのだな、商人は」

「商人が不作の状態を作り出すわけじゃない」

ヴァシリイやミトロファンなら、儲けを得るためには他人の苦しみなど気に病まない面の皮の厚さを充分に持っているだろう。

「穀物を確保しておくことは、皆の助けになるだろう」

俺の助言にユーリイは笑顔になり、ヨハンに穀物の大量買い付けを申し入れた。

「グンナルには絶対に秘密だ。オルデリヒにも告げないでくれ。グンナルはオルデリヒと親密になっている」

農家に買い付けに行くヨハンにユーリイと俺は同行したが、ヘルガを伴うのは拒まれた。噂が農村にまでひろがっている。行動を共にすれば俺まで噂の餌食になる。そうヨハンは言った。ヘルガがリューベックから早く去ることをヨハンは望み始めている。

毛皮を重ねた束と羊毛を詰め込んだ袋は穀物袋の山に入れ替わる。〈ヴァンダ〉〈下女〉その文字は毎日刻まれる。〈狼女〉とは刻まない。文字を見るだけで不愉快になる。ヘルガはユーリイと俺には笑顔を見せるが、そのときだけ仮面を貼り付けるように俺には思える。ザクセンの文字を刻んでは削る蠟板は薄くなり——ラテン語までは、ヘルガは手がとどかない——、カルルの憤懣《ふんまん》は溜まり、ヨハンは次第に穀物の値をつり上げようとする。ユーリイは承知せず、交渉が続く。そっちがあくどい商売をするなら、とユーリイは言う。帰国してからイヴァン商人団に告げ、ノヴゴロドとリューベックとの取引をやめさせる。ユーリイにまだそんな力がないことは、俺は承知している。

出航の日が近づき、穀物袋は船に運ばれていく。風の具合がよければ数日後には発つというとき、突然ヒルデグント〈ヒルデグント〉が訪れた。ヨハンが間の悪そうな顔をしたのは、穀物買い漁りの件を、口止めされているにもかかわらずヒルデグントに洩らしたからだろう。現物は積み込んだ。床に少々穀粒がこぼれている。

ヒルデグントはユーリイに笑顔を向け、リューベックの商人はノヴゴロドの商人と緊密に交わりたいと思っている、と言った。遠いのでヴィスビューを中継地にしなくてはならないけれど。

貴女は交易に関心があるのですか。ユーリイは問うた。商売のことならオルデリヒが担うだろうに、と、俺も思った。

ヒルデグントはたいそう感じのいい笑みをユーリイに贈り、その一雫《ひとしずく》を俺にもくれてから、ノヴゴロドに置かれたゴットランド人の商館の様子を訊ねた。

俺は思った。兄オルデリヒはヴィスビュー商人のグンナルと親しくしてゴットランドの情況を知ろうとし、妹はノヴゴロド側から見たヴィスビュー商人の立場を探ろうとしている。両方を合わせれば、より正確に交易の状況を識《し》ることができる。

穀物ばかりを買い込んだのは何故かと問われ、今年は不作らしいから、とユーリイは言った。すでに買い付けは終わっている。

ユーリイがヘルガを紹介した。

ヒルデグントは興味深げにヘルガを眺め、ヨハンから聞いたが、男を相手に決闘をしたって？　と訊いた。

ヘルガはうなずいた。

「ここの言葉がわかるのかい」

「少し、おぼえた」

「どうやって、闘った？」

ユーリイが蠟板に簡単な図を描いてみせた。白樺の籠の底板に描いていたころよりは上達したが、あまり上手いとは言えない。それでも状況の推移はヒルデグントに伝わった。穴から上半身を出した男の背中に逆吊りになった絵に息を吞み、ついでヘルガが一人立ち上がった絵に、拍手した。獲物の腹に口を突っ込んだ犬みたいな血の色は、線画で表すのは難しい。ユーリイは、丸で表現された顔の下半分に斜線を引いた。

ヒルデグントは笑い声を上げ、ヘルガの肩を軽く叩いた。

「鼠だって追いつめられたら歯を剝く」

狼ではなく、鼠か。それはむしろ侮辱的な喩《たと》えではないか、と思ったが、蔑視しているふうではなかった。

ヴァンダを無視してヒルデグントは話を進めた。

「グンナルはどうして、あんたを狼などと言ったんだろうね」

俺が口を挟むのは分を超えたことなのだが、ヘルガのために弁明しようとしたとき、ヘルガ自身が言った。

「わたしが嚙みついたから」

「ヴィスビューの商人は、農民が遠国交易に直接加わるのを嫌っている」俺の言いたいことを、ユーリイが言った。「馬鹿げた噂を、あなたが打ち消してくれませんか」

なるほどね、と独り言《ひとりごと》ちただけでヒルデグントは去った。

噂は消えぬまま、出航の日がきた。

9

夏が終わる。

斜面を馬が駆け上ってくる。馬上にあるのは、カルルだ。

走り寄った。

「お帰り！　ヘルガは？」

「船にいる。いや、リューベックから戻った船じゃない。ノヴゴロドの商人たちのだ。ヘルガはユーリイと一緒にノヴゴロドに行く」

「いよいよ、交易商人なんだね」

声をはずませるアグネに、そう簡単になれるもんじゃない、とカルルは言った。

「ユーリイは今、父親に報告するためにノヴゴロド人の商館に行っている」

「マトヴェイも？」

「一緒だ。ヘルガに会うか？」

「もちろん」

手を伸ばすアグネをカルルは抱き上げ、鞍の前に乗せた。

嬉しさが躰《からだ》の外にまで溢れた。

まず廄《うまや》に急ぎ、一頭を牽《ひ》きだし、アグネはカルルと馬首を並べた。速歩になる。疾走《はし》る。

舷側に下ろされた縄梯子をつたい上る。狭い甲板室にエイリークとヘルガがいた。

ヘルガのひろげた両腕の中に、アグネは飛びこんだ。

抱擁を交わしながら、アグネはしっくりしないものを感じた。婚礼の前日、馬で到着したヘルガが浮かぶ。狭い小屋の中、立ちこめる熱い靄《もや》。みんな輪郭がぼやけて、何もおかしいことはないのにくすくす笑いあって、楽しかったな。靄は障壁にはならず、くすくす笑いは一つに融けた。男たちが酒宴で酔いつぶれているとき、ヘルガと手を取りあって牧草地を走った。卵採りを見た。続く嵐に身を寄せあって夜を過ごした。楽しかったな。

拒まれているわけではないけれど、あのときのようではない。

ヘルガは鎧を着けている。そうアグネは感じた。棘がたくさん突き出した鎧。ヘルガもわたしを抱きしめたいのだけれど、わたしの胸に棘が刺さるから、できないんだ。

甲板の騒音がひときわ高まった。新たな艀《はしけ》が荷を運び込む。

「わたしはノヴゴロドの言葉を読み書きできるようにする」ヘルガはアグネに言った。

「そして、毛皮や蜜蠟をヴィスビューに運んでくるの？」

髪にヘルガのくちびるが触れた。くちびるは頰に移った。ヘルガの背にまわした腕にアグネが力を込めようとすると、ヘルガは頰をひたと寄せ、そして軽く身を離した。やはり、棘なんだ。アグネは自分の頰が少し濡れているのを感じた。わたしは泣いていないのに。

くちびるの両端を少しあげて、ヘルガは笑顔を作った。

†

すべての売り荷を穀物の買い付けに用いたというユーリイの報告は、ヴァシリイを激怒させた。

「なぜ、塩を大量に仕入れなかったのだ。琥珀も需要が多い。穀物は、わざわざ遠国で買い付けなくとも近隣の産物で事足りる。やはりお前には」

ヴィスビューのノヴゴロド人商館内に起居するのはヴァシリイだけではない。居室内の大声は、板壁越しに他の商人たちにも筒抜けになる。

声を低めるよう仕草で示してから――ユーリイのこの身振りは父親をいっそう激昂させた。儂《わし》に指図するのか――、リューベックは現在《いま》リューネブルクの塩の生産拡大に力を入れている、とユーリイは言った。

「そんなことは、とうに知っておる。グンナルとかいうヴィスビューの男は、塩と琥珀《こはく》を買い付けてきたではないか。ノヴゴロドに売りつけるつもりだぞ」

「琥珀は買ったよ。グリゴリーに頼まれた分は」

道を隔てて隣に住むイコン絵師の名を、ユーリイはあげた。

「そして、塩だけれど、効率よく大量に生産されれば価格は下がる。少なくとも、安定はする。ノヴゴロドの弱点は何か。父さん、あんた自身が口にしている」

「だからと言って」

ユーリイは言葉を被せた。「おれは飢饉を知らないけれど、二十……何年前になるか、あの大飢饉の悲惨なさまは、年寄りたちから聞いているよ。菩提樹《ぼだいじゅ》の葉や白樺の樹皮まで」

「その話なら、お前に言われるまでもない」遮るヴァシリイの声は怒気を含んだ。「儂自身が身を以て知っておる。穀物の不作はまた起きるかもしれん。だが、二十年先か、百年先か、誰にもわからん。穀物は場所ふさぎだ。何年もの貯蔵に耐えはするが、虫がつく。質が落ちる」

部屋の隅に積み上げられたヴァシリイの荷に俺は目を向けた。一つ一つにヴァシリイの商品であることを示す札がついている。その幾つかは、帆布のような大きい布でくるんである。一つの山の裾をそっと捲《めく》ってみた。棒状の鉄塊の束だ。

「マトヴェイ！」

ヴァシリイの怒声が飛んだ。手が笞《むち》にのびる。つかむ前にヴァシリイは自制した。俺とユーリイを見据え、声をひそめた。「これは他の商人には秘密の品だ。とりわけミトロファンには気づかれるな」

理由を俺が問うわけにはいかない。主のすることに俺は口を出せない。ノヴゴロドには鉛も銅も錫も銀も産出する地がなくてすべて輸入に頼っている。鉄は幾らか産出するが、量は少ない。

「ミトロファンもだいぶ買い込んだようだが」ヴァシリイは呟いた。

ユーリイと俺は顔を見合わせた。それが意味することを、思った。まさか……。

ヴァシリイが耳を疑うことを、ユーリイはさらに告げた。「穀物の一部は、ヘルガの商い物だ。それと琥珀の一部も」

「あの小娘の？　元手は？」

「羊毛だ。それを穀物に換えた」

「ヴィスビューで、誰に売る。夫にも父親にも背いて島から逃げ出した奴だぞ。今この島であの女が何と言われているか、教えてやる」

「知っている。リューベックでも言われ続けた。グンナルが言い広めた。ヘルガは穀物をノヴゴロドで売る」

「ノヴゴロドに、どうやって行くのだ」

「おれたちが帰るとき、一緒に行く」

今ヘルガはその船に乗って出航を待っている、とユーリイが言うや、ヴァシリイの顔は憤怒で赤らんだ。

「儂の許しも請わず」

くちびるを震わせ、怒声を炸裂させた。

同時に、笞に手が伸びる。打たれるのは俺だ。

その手首を、ユーリイが強く握った。

早すぎる、ユーリイ。徹底的に反抗するのはまだ早すぎる。

男たちが踏み込んできた。商館内に滞在するノヴゴロドの商人たちだ。落ち着け、と二人を引き分ける。

「聞き耳を立てたわけではないが、争う声が聞こえた」

イヴァン商人団の長ミトロファンが言う。

他の者たちも口々に、「ヘルガというのは、とんでもない怪しい女だというではないか」「狼女だと聞いたぞ」と騒々しい。

アグネ、お前は今、船でヘルガに会っているね。カルルが呼びに行っただろう。

「まったくの虚言《そらごと》です」ユーリイが言い返している。「ミトロファン、聡明な貴方は、妄言《もうげん》に惑わされたりはなさらない」

俺が思わず浮かべた表情を他人が見たら、奇妙なものと思っただろう。

煽《おだ》て上げて相手が頷《うなず》かざるを得ないようにする。こんな狡賢《ずるがしこ》い手口を使えるようになっていたのか、ユーリイ。

他の者がいなければ、俺は笑い出すところだった。苦笑とも会心の笑いともつかぬ、多分その両方を含んだ大笑いだ。

皆ががやがやと話し合いを始めたので、ユーリイと俺は目立たぬよう席を外した。

商館の外に出てから、抑えていた笑いを解放したが、時機遅れなのですぐ萎《しぼ》んだ。ユーリイも少し笑った。

艀はまだ行き来している。帆船に向から艀にユーリイと俺は乗った。

アグネ、ヘルガはお前には何も言わないだろうな。カルルは告げただろうか。

ヘルガは、希望と敗北感の狭間《はざま》にいる。石を以《も》て追われるように、リューベックを離れたのだ。羊毛を穀物に換えた商行為も自ら選んだことではなくユーリイの奨《すす》めに従っただけだ。ヨハンは不甲斐ないが、兄カルルが楯になっていた。

お前はまだ十五なのだから、というような慰めの言葉は、ヘルガをいっそう惨めにするだけだ。

カルルはゴットランドに残る。

ノヴゴロドでも、ヘルガをあたたかく遇する者は数多くはないだろう。だが少なくとも、妖獣扱いはされまい。

†

アグネは、遠ざかる船を見送る。

「鷗《かもめ》よ、ゆくては遠からむ、
可怜《うましを》小汀《ばま》やいづかた」と、
こころままなる汝《なれ》を恋ひ、
滅《き》え去る影を惜《をし》みけり。
名残《なごり》は尽きず、或夜《あるよ》また
夢に潮《うしほ》の立返り、
溢れ流るる海原《うなばら》の
その涯《はて》をしも尋《と》めわびぬ。

――「可怜小汀」蒲原有明《かんばらありあけ》――

10

船曳きの男たちは体を前のめりにし、傾斜した湿地を一歩一歩上る。幅広い頑丈な布紐の輪にした先端が上半身にかけられ、他の端は俺たちと船荷を積んだ川船に繋がれている。

彼らが踏みしめる土に深い足跡が残る。両腕は力なく垂れている。歩行を助けるのは、布紐にかけた全身の重みだ。帆も櫂《かい》も、激しい水勢が押し流す力には勝てない。彼らの歩みによってのみ、俺たちの乗る川船はヴォルホフの急流を遡《さかのぼ》る。

彼らの表情は船からは見えない。視野に入るのは重なりあう彼らの前屈《まえかが》みになった背のみだ。おそらく彼らは無表情だろう。苦しい労働につく奴隷たちのように。

彼らは奴隷ではない。賃金は支払われる。強制労働ではない。就労も離脱も自由だ。しかし貧困という鎖が彼らを縛る。何の喜びもないこの苦行でわずかな糧《かて》を得なければ、彼らも彼らの妻や子——もし、いれば——も飢える。

イリメニ湖から流れ出たヴォルホフ川はノヴゴロドの市中を貫き、途中の激流を経てやがてラドガ湖に達する。ラドガ湖と深く切り込んだ湾を茫漠《ぼうばく》たるネヴァ川が繋ぐ。

ゴットランドとノヴゴロドを往復する商人は、毎年この水路を用いねばならない。

ユーリイとヘルガは肩を並べている。父ヴァシリイがミトロファンとともに別の船に乗っているので、ユーリイは明るい。ヘルガの表情からも険しさが薄れ、珍しい旅に興味を持つゆとりができたようだ。

風が頬に冷たいが、船を曳く男たちの背には汗が滲《にじ》みひろがる。

ノヴゴロドにはゴットランド商人のゴート商館がおかれ、カトリックの聖オラフ教会が付設されている。八年ほど前になるか、教会は火事で焼失し、再建された。類焼を他に及ぼさなかったのは幸運だった。正教徒の家々まで被害を受けたら、カトリック教会もゴットランド商人も反感にさらされるところだ。

滞在するゴットランド商人たちは、もう引き上げただろう。商館は施錠されただろう。冬になればヴォルホフ川は凍結し、海も激しく荒れ、航海はほぼ不可能になる。

ユーリイはヘルガを住まいに同居させるつもりだ。商人見習いとして。おれも修業するから、とユーリイは殊勝なことを父親に申し出たのだ。ヘルガと一緒に学ぶよ。不出来な息子が商売に関心を示したことで、ヴァシリイは幾分気をよくしたようだ。

流れはゆるやかになり、川船は自力でのぼる。

水夫たちは武器を身につけている。ユーリイと俺も帯剣し、ヘルガにも短剣を持たせた。行き来する船を待ち伏せて襲う賊どもが両岸の森を根城にしている。イヴァン商人団は前もって賊の頭領に通行税のようなものを支払い、話をつけてあるが、頭領に従わない群れもいる。

初めて短剣を手にしたヘルガは嬉しそうだ。鞘《さや》から抜き放ちしばらく眺めていた。

「万一襲われたら」と水夫の一人が言った。「船荷を差し出すことだ。抵抗したら殺される。剣を振り回したりするなよ」そう言う腰に短剣がある。

ルーシの言葉だから、ヘルガには通じなかった。

無事に通過し、市内に入る前に武器はおさめた。

数カ月ぶりの帰国だ。船着場で荷下ろしと運搬は人夫に任せるが、市長をはじめとする貴族たちの懐を肥やす税徴収には立ち会わねばならない。ヴァシリイとミトロファンの鉄購入量の多さに税吏は不審を持つか？

その後、皆が聖イヴァン教会に赴《おもむ》き商いと航海の成功を神に感謝する間、カトリックのヘルガは教会の外で待った。護衛するために、俺も。ユーリイがそっと抜け出してきて加わった。

教会から通り二つほどを隔てた市場《いちば》の近くに民会の場となる〈ヤロスラフの館《やかた》〉が建ち、その少し先にゴート商館がある。武具を携えた兵がいつもより多い。緊迫した雰囲気だ。

市《いち》の立つ日ではなかったが、広場には幾つかの屋台が並び、三人の男が地に腰を落とし膝にのせた翼形の琴《グースリ》を奏でながら唄い、革の仮面をつけた者が二人、唄に合わせて踊っていた。足を止めて見物する者はいない。

「漂泊楽師《スコモローフ》」ユーリイが教えたが、ヘルガは初めて聞く言葉だ。

「流離《さすら》いの楽師」ゴットランドの言葉に言い直した。

「あの楽器を弾けるようになりたいな」

「難しくはないよ。おれも持っている」

子供が好きなものを与えられたような、無防備な笑みをヘルガは泛《う》かべた。

商いに関わる話をしているときは、見せたことのない表情だ。

「グースリを作る職人もこの街にはいる」

「グースリ?」

「あの楽器の名前。けれど、ヘルガ、決して楽人《がくじん》になりたいなどと思ってはいけないよ」

「どうして」

芸人は物乞いと同じように扱われるのだ、とユーリイは教えた。「貴族や金持ちに呼ばれて宴《うたげ》に興を添えることもあるし、あんなふうに道端や広場で唄い踊って投げ銭をねだりもする」

「物乞いは何もしないで、ただ食べ物をせびる。あの人たちは素晴らしい曲を聴かせてくれる」

在《あ》りし日　彼の琴の音《ね》は　水界の王を魅了しと唄はつづく。ヘルガには詞はわからないだろう。

「貴族の館に飼われている者もいるけれど、たいがいの芸人は市壁の中に住むことを許されない宿無しだし、異教の悪魔の使いだと教会から排斥されている。貴族に飼われれば飢えることはないけれど、屈辱に甘んじる苦痛と引き替えだ。主《あるじ》の機嫌を損ねたら追い出される」でも、とユーリイは言い添えた。「琴《グースリ》の音も彼らの唄も、おれは好きだよ」

「商人は物を売る」ヘルガは言った。「あの人たちは音色《ねいろ》を売る。穀物を売るより、音色を売る方がいいな」

「一つの唄に黒貂《くろてん》の毛皮を一枚支払う者がいればね」

あいにく、それほど値打ちのある唄も、値打ちを認めて支払う者もいない。

「穀物がないと餓死するけれど、唄がなくても暮らしには困らない」

漂泊の芸人の末路はたいがい野垂れ死にだ。けれど、と俺は思う。豪華な寝台の上であろうと、野っ原であろうと、死は死だ。

〈銀の細工物は見た目にうるわしい。それだけで充分ではないか。〉

美しいものへの渇仰《かつごう》をユーリイは押し鎮《しず》め、商道に徹すると心を決めたのか。

楽人になりたいと思うなどというユーリイの言葉が実証されるのを、ヘルガは目の当《ま》たりにした。武装した兵士らが走り寄り、楽師たちを乱暴に追い払ったのだ。楽器を取り上げられた楽師が兵士の脚に取りすがる。蹴り飛ばし、地に叩きつけられた琴を踏み砕いて、兵士どもは去った。その姿が消えてから、ユーリイは楽師らの横を通り過ぎ、そのとき身につけていた布袋から小さい物を取り出してさりげなく渡し、俺たちのほうに戻ってきた。

「何をあげたの？」

もう一つ取り出してユーリイは掌《てのひら》にのせ、ヘルガに見せた。

「紡錘《つむ》につける錘《おもり》みたいだけど？」

「錘だよ」

「楽師が糸を紡ぐの？」

「少額の貨幣の代わりになる」

「こんなのが？　錘なんて幾らでも手に入る」

「特別な材料でできているんだ。薔薇色粘板岩」

粘板岩に相当するゴットランドの言葉がわからず、ノヴゴロドの言葉でユーリイは言った。どこまでヘルガに通じたか。

「ヴォルイニっていう土地だけで採れる特殊な鉱物で、錘はそこで作られる。どこでも簡単に手に入るものじゃないから、ルーシでは貨幣みたいに使われてる。銀と違ってよその国では通用しない。ヴィスビューやリューベックで、これで何か買うことはできないよ」

弥撒《ミサ》を終えた商人たちが出てきた。ユーリイは何食わぬ顔で彼らに紛れ込む。ヘルガと俺は最後尾につく。

ヴォルホフ川に架けられた長い橋を渡る。ミトロファンの統率のもと、商人たちは市長の館に報告に行く。まだイヴァン商人団に正式に加入していない修業中の身のユーリイは城塞《クレムリン》の正門前で商人団と反対の道をとり、ヘルガを連れて家に向かう。俺も。木造の壁越しに聖ソフィア大聖堂のそそり立つ丸屋根が見える。木材で成り立った街で、大聖堂のみが石造りだ。

壁に沿って川上の方向——南——に歩む。ヘルガは足元に敷き詰められた半割の丸太に珍しげな目を向ける。湿地なので木材を敷かないと足が泥に埋まる。俺が子供のころは木の香りがただようほど真新しかったが、二十数年後の今は、厨芥《ちゆうかい》だのぼろ屑だの日々の暮らしの残骸が道の両脇にうずたかく盛り上がり、半割丸太の上に崩れ落ちてきている。ルサ街道と尼僧通りが交わる角地にユーリイの——正確に言えばヴァシリイの——居宅は建つ。木の柵が広い敷地を囲っている。道に雪崩《なだ》れた残骸の中には、ユーリイと俺が文字や絵を刻んだ白樺の籠の底板も混じっているだろう。

尼僧通りを挟んだ向かい側も同じくらいの広さと造りを持つ住まいで、イコン絵師グリゴリーが住んでいる。琥珀《こはく》の発注主だ。

ルサ街道に面した入り口から奥の建物までの通路も半割丸太が敷き並べられ、右側に完全奴隷《ホロープ》や使用人たちの小屋だの納屋《なや》だのが数棟、左は前庭。正面に二階建ての母屋《おもや》が建つ。

納屋の前が騒々しい。荷車に積んだ船荷を人夫たちが運び入れている。「鉄は納屋に入れるな」人夫頭が指図する。「日那に言われている。外にまとめておけ」

ユーリイを出迎えた召使いたちが怪訝《けげん》そうな目をヘルガに向けた。

「ゴットランドから商いの修業にきた。父も承知だ」ユーリイは簡単に言い、広間の隅の棚に飾られたイコンの前に跪《ひざまず》いて短い祈りを捧げ、俺もそれに倣《なら》った。十字架の左右に大天使ミハイルとガブリエル。ヘルガは途惑《とまど》ってから同じ仕草をした。

旅で汚れた服をユーリイは着替え、ヘルガには亡母の遺した服と下着を渡した。数年前に没したヴァシリイの妻の服は煌《きら》びやかな刺繍で飾られた豪奢《ごうしゃ》なものだが、ヘルガには大きすぎた。幾重にも織りを重ねた布地はずっしりと重い。富の重みだ。

俺も着替えた。そうして思った。この娘——娘と呼んでいいだろう、結婚してはいるが、形ばかりだ——は、深い思慮を持たない。激情に駆られて行動する。思ってもいないところに自分を追い込んでいく。細い一本のライ麦だ。ユーリイやカルルが一緒にいなければ、どうなったことか。

召使頭に訊《たず》ねた。「穀物のできは?」

「よくない」

大飢饉をもたらすほどではなさそうだ。危機にあれば荷揚げしたとたんに強奪に遭いかねない。値《あたい》が馬鹿高くなっていると召使頭は言った。ユーリイとヘルガの最初の商行為は、ささやかではあるが成功と言えるだろう。

ユーリイは寝室に置いてある琴《グースリ》を持ってこいと俺に言った。

九弦の琴を椅子に腰掛けたヘルガの膝に置き、奏法を教える。押さえる左の指の位置によって、右手が弾く弦はさまざまな音を奏でる。雪の降る音から星の光の音まで。王の怒りを表す低音から湖の娘が漁夫を誘う声音まで。

兵がやたらに多いが、と召使頭に訊ねた。「形勢不穏か?」

召使頭は大きくうなずいた。

ユーリイが耳にとめた。「留守の間によほど情況が悪化したのか」

何の話？　と問いたげなヘルガに、ユーリイは白樺樹皮《ベリョースタ》に尖筆《せんぴつ》でノヴゴロドの簡単な図を描き、説明を始めた。

ノヴゴロドは五つの区《カネッツ》にわかれている。

南から北に流れるヴォルホフ川の東側――市場側と呼ばれる――に二区、西側――ソフィア側と呼ばれる――に三区。

それぞれ、古くから住まう有力貴族を中心に一族が結束して統治する独立国みたいなもので、大貴族は市内に広い屋敷地を有し、市の外には広大な領地を持つ。五つの邦が連合してノヴゴロドという一つの国とその中心となる都市を造っている。

ヴァシリイが帰宅した。そそくさと服を着替え、「ネジャタ様の館に行く。お前もこい」と促した。ユーリイの外出にはいつも俺が随行するのだが、ヘルガに付き添っていろとユーリイは言い、ひとり父の後に従った。

棒状にした鉄塊を一定数ずつ一括《ひとくく》りにした重い束が、納屋の前に山をなす。それを人夫たちが荷車に積み替えている。

ヴァシリイとユーリイが行く後を、鉄塊の束を積んだ荷馬車が続く。

ヘルガの膝から琴をとり、小さく爪弾《つまび》きながら俺はユーリイの言葉の先を続けてやった。

領主である大貴族は皆、市内に居住する。区の間で利害が反するときは、武器を手にしての闘争が起きることもある。大貴族の一族に仕える者たちは主《あるじ》の私兵でもある。危機となれば大商人も小売商も職人も農夫も男という男は総出で戦う。奴僕《ぬぼく》は雑兵《ぞうひょう》に他《ほか》ならない。

現在の市長ザハリアは西側のネレフスキー区の大貴族だ。ミトロファンはここに住む。市長ザハリアと親しいミトロファンは当然力を持つ。

遠い昔、キエフのリューリクが大公国を築いた。王国と呼んでもいい。琴の音とともに、漂泊楽師《スコモローフ》が唄うように俺は語る。諸公国に配されたリューリクの血筋の者たちが、およそ百年も前から争いあい殺しあうのを繰り返したため、大公の支配力は次第に衰え、それぞれの公国が独立した力を持つようになった。

ノヴゴロドには、世襲の公《こう》が定住していない。キエフの大公が自分の息子などを送り込んで公の位につけていた。

三、四十年昔、ノヴゴロドの市民は市長を自分たちで選ぶ権利を手に入れた。そして、二十何年前か——俺が生まれる数年前——市民は叛乱を起こして公を追い出した。

貴族と裕福な市民から成る民会が、他の公国から使い勝手のよさそうな人物を招き公の地位に就《つ》け、都合によって廃位し、他の者を公に据える。招聘《しょうへい》と廃位の権限をノヴゴロドは獲得した。だからノヴゴロドの公は一、二年の短期間で替わることが多い。

ノヴゴロドは、国としてまとまった軍を持たない。五つの区の大貴族が己に従属する者を必要に応じて召集する。異国との戦闘には、五区が結束しノヴゴロド軍として戦うが、統率し指揮するのは、戦士として専門の訓練を受けている公の従士たちだ。

大公、公国、貴族、従士隊。ゴットランドにはないものだ。従ってヘルガが知る言葉には、これらに相当するものがない。理解させるためには、一語一語、説明が要る。

今のノヴゴロド公スヴャトスラフはキエフの大公ロスチスラフの次男だ。

スヴャトスラフを公位につけるにあたっては、ネレフスキー区の大貴族ザハリアが大いに力を尽くした。それゆえ、スヴャトスラフが公位につくや、ザハリアは民会によって市長に選ばれた。公も市長もこれで二年ほどになる。

リュジン区――俺たちがいるここ――の大貴族は、いまヴァシリイとユーリイが伺候《しこう》しているネジャタ・トヴェルジャチッチ殿だ。

ネジャタ殿は、ずっと以前……十何年前になるかな、市長に選ばれたことがある。俺は子供だったから、よく知らないが、在位二年ぐらいで、ネレフスキー区の大貴族コスチャンチンにその座を奪われた。

その後も何度か、市長は替わっている。公も替わっている。

耳慣れない名前の連続は、ヘルガには呪文のように聞こえたことだろう。

ヴァシリイとユーリイは、ネジャタ殿の館で晩餐《ばんさん》の相伴《しょうばん》にあずかっているはずだ。大商人は大貴族にとっても重宝な存在だ。空腹をおぼえ、俺は料理番に食い物を頼んだ。竈《かまど》を据えた厨《くりや》で、料理番は煮込みの残り物をヘルガと俺に供してくれた。主のいない間に、召使いたちは結構な材料を使って口福《こうふく》を得ていたようだ。

皿を空にした後、ヘルガは眠気をこらえている。俺の話がどこまで理解できたか。

ユーリイと俺は幼いときから寝室を一つにしている。ユーリイは天蓋《てんがい》付きの寝台、俺は出入り口の近くに敷いた毛皮に横たわり、布にくるまって寝る。ヘルガをひとまずその毛皮に横にならせた。眠いのに昂《たかぶ》って眠れない。そんなふうだ。俺は琴をとってきて、あえかな音を奏で、ひっそりと唄ってやった。在りし日　彼の琴の音は　水界の王を魅了し　ヘルガは眠った。

すべての燭台に火を灯すころ、ヴァシリイとユーリイが帰宅した。

ヴァシリイは自分の寝室にこもり、ユーリイは毛皮の中に丸まって眠り込んでいるヘルガに目を投げてから、俺に話した。

「父が買い込んだ鉄は、ネジャタ殿の依頼によるものだった。館には、ネジャタ殿の一族が集まっていた」

「ああ、やはり」

鉄塊は刃物を専門とする鍛冶屋たちに渡し、武器を造らせるのだろう。

ネジャタ殿は東に国境を接するウラジーミル・スズダリ公国の公と誼《よしみ》を通じている。今の公を追い出し、スズダリ公の甥ムスチスラフを公位につけようと画策中だ。市全体の民会の他に、区はそれぞれ独自の民会を持っている。

ノヴゴロドが公招聘と廃位の権限を持つといっても、民会で総意を得なければならない。

現市長であるザハリアは当然反対する。

「ミトロファンが買い込んだ鉄は、市長ザハリアに渡るのか」

ひいては、現ノヴゴロド公スヴャトスラフに。

スヴャトスラフが市政に干渉しすぎると、ネジャタ殿はかねがね憤懣《ふんまん》を洩らしており、賛同する市民も多い。

「始まるのか？」

「どうかな」

「他の区の貴族はどう動く？」

「プロトニツキー区は賛成だが、スラヴェンスキー区はまだ総意がまとまっていないそうだ」

川の東にある二つの区の名前をユーリイはあげた。〈ヤロスラフの館〉や市場、そしてゴート商館もあるスラヴェンスキー区は、富裕で力を持つ。

「ザゴロツキー区は不鮮明だ」市長ザハリアを戴《いただ》く西側のネレフスキー区とネジャタ殿を戴くリュジン区に、ザゴロツキー区は挟まれている。しかもこの区はようやく存在を認められつつある段階で、まだ弱体だ。「有力な方につく気だろう。スラヴェンスキー区の動向が鍵だ」

「夏の間に、ずいぶん情勢が緊迫してきていたのだな」

民会が廃位を決定しても、公が武力を用いて反抗する事態もあり得る。公が父キエフ大公に援助を求めれば、ノヴゴロドは外からも攻撃を受け戦乱の地となる。

俺は琴を膝にのせた。

明日からでも、鉄の塊は炎の中に差し込まれ、白熱の赫《かがや》きを発するだろう。鉄槌で打ち叩かれ、鋭い剣に変貌していくのだろう。

楽の音はこころよく感情を静める。曲によって快活にも暗鬱にも攻撃的にも感情を動かす。

俺は自分の心の動きにいささか驚いていた。騒擾《そうじよう》など俺には関係ないはずなのに、かすかな躍動感をおぼえたのだ。市内で戦闘が始まったら、商人といえど武器を取る。奴僕はもっとも危険な目にあう。それなのに俺はどうして？

俺の琴にあわせ、黄金《こがね》の鰭《ひれ》もつ魚の群れがとユーリイはくちずさんだ。

召使いがユーリイに訪客を告げにきた。ヴァシリイは寝《しん》に就《つ》いているので、ユーリイに取り次いだ。

「ステパンですよ」

「ここに通せ」

尼僧通りを隔てて隣に住むイコン絵師グリゴリーの弟子の一人だ。

急ぎ足で入ってきたが、戸口のそばに横たわるヘルガに気づき、小さい声を上げ、身をふるわせた。すぐに、きまり悪そうな笑い顔になった。「奥さまかと思った。娘っ子だな」

服のせいだ。ヴァシリイの死んだ妻がここにいたら、亡霊だ。

「ゴットランドから」と俺は説明してやった。

「琥珀、注文した分、調達してきてくれたんだろ。描きあがったイコンが幾つも溜まっているんだが、琥珀が足りなくなって仕上げができない。依頼主から催促されても渡せないんだ。師匠が待ちきれなくて、受け取ってこいと俺をよこした」

ユーリイはそっとヘルガを揺り起こした。「商談だよ。おまえの商品をおれが勝手に扱うことはできない」

起き直ったヘルガは、珍しいことににっこりした。

直接商取引に加わることが嬉しかったのだろう。それだけのことなのに、ステパンは誤解したようだ。自分への好意の笑顔だと思い込んだ様子がみてとれた。

手燭《てしょく》で足元を照らしながら四人で倉庫に行き、琥珀を詰めた樽を手押し車にのせた。樽の一つ一つに名札が取り付けてある。自分の名前を書けるようになったヘルガが木札に記していたときを思い出す。綴りを間違えないよう、真剣な顔つきだったな。

「これだけあれば、来年の仕入れまで保《も》ちそうだ」ステパンは言い、揃ってイコン絵師グリゴリーの住まいに向かった。

「これから俺たち弟子が総掛かりでこれを潰さなくちゃならない」

一日の仕事を終えよという教会の鐘はとうに鳴ったけれど、神様のための仕事なのだから、特別に許していただける、とステパンは言った。

ステパンの言葉をユーリイがゴットランドの言葉でヘルガに伝えた。

「この娘《こ》、ノヴゴロドの言葉は通じないのか」

「おぼえようとしている最中だ」

「幾つなんだ。十五？　遅すぎる。大変だな。これから、うちともつきあうんだろ。教えてやってよ。〈プロメニャチ〉と〈ヴィメニャチ〉。イコンの制作は神様のための神聖な仕事で、商売の対象じゃないってこと」

俺が説明してやった。「だから、売るという代わりに〈交換で渡す《プロメニャチ》〉、買うという代わりに〈交換で得る《ヴィメニャチ》〉」

プロメニャチ、ヴィメニャチ、とヘルガは繰り返した。「でも、つまり売り買いするってことだね」「婉曲《えんきょく》に表現する」ユーリイが言った。「絵師のほうでも、値段のことをはっきり口にしないで、〈神の思《おぼ》し召《め》しによるが〉なんて言いながら、結局はなるべく安くなるよう交渉する」

「めんどくさいんだ」ヘルガは笑いだした。ヘルガが声を上げて笑うのをはじめて聞いた気がする。

四人で喋りあっていると、俺は自分が牛馬にひとしい奴隷であることを瞬時忘れた。仲のいい友達同士みたいじゃないか。

「どうして、絵を描くのに琥珀が要るの?」

ヘルガの質問を俺が伝えると、ステパンは思いっきり得意そうな顔になって滔々《とうとう》と述べた。俺は簡略に伝えた。「まず、琥珀を砕いて粒にし、煮立った油に溶かす。それを塗膜油《オリファ》……つまり、画面を保護する上塗りに使う」

この何倍も詳しくステパンは喋りまくったのだが、煮溶かした琥珀をさらに油に混ぜ入れて二晩温めそれからというような詳細な手順は、面倒だから省略した。ヘルガはイコン絵師になるわけじゃない。だだっ広い画室の棚や机上に仕上げを待つ大小幾つものイコンが並び、グリゴリーと弟子たちが待っていた。すぐにも下準備に取りかかるつもりだろう、槌《つち》や銅鍋、油の壺などが調えられ、炉の脇には白樺の薪《まき》が積まれていた。

ユーリイがヘルガを引き合わせると、女が? とグリゴリーは眉をひそめた。「しかもカトリックが、ここに? マトヴェイ、その娘を連れ帰れ。ヴァシリイはこないのか」

「旅の疲れで、寝ています」ユーリイが言った。

「何と、儂《わし》より若いのに。まあ、いい。ことは急ぐ。ユーリイ、其方と話し合おう。その娘には何も触らせるな」

身を縮め俯《うつむ》いているステパンを眼の隅に、老絵師が何を怒っているのかわからないヘルガを俺は連れ出し、空の手押し車を押しながら歩いた。琥珀を槌で打ち砕く音が外まで響いた。

ユーリイの部屋に戻った。

消しておいた燭台の蠟燭に手燭の火を移し、床に敷いた毛皮の上に並んで腰を落として、グリゴリーの怒声の意味を伝えた。

「ここでも、わたしは商いができないの?」

「イコンは特別だ。俺が迂闊《うかつ》だった。ユーリイに注意すべきだった。神に関わらない品なら、大丈夫だよ。カトリックのゴットランド商人とこっちの正教徒商人が取引している。商館では琥珀の取引もしている」

「いろいろ難しい」

「ああ、生きるのは難しい」

俺はヘルガの肩を抱いた、カルルに代わって。髪にくちづけた、エイリークに代わって。この娘を完全女奴隷《ローバ》にするわけにはいかない。困難な自制を自分に強いた。

やがてユーリイが戻ってきた。俺の毛皮の上で眠っているヘルガに目を落とし、俺に合図した。ヘルガを揺り起こし、ユーリイの寝台を使うように言った。半ば眠っているヘルガをささえ、寝台にみちびいた。俺の欲望を吸った痕が毛皮に残っていた。

小さい革袋をユーリイはヘルガの枕元に置いた。

「銀で払わせた。毛皮をもう一枚ここに持ってきてくれ。毛織りの布も」

二枚並べた毛皮にそれぞれ横になった。

「固いんだな、床は。知らなかった。明日、寝台をもう二つ調達してここにおこう」

「ヴァシリイさまが許さないよ」

「おれが自分の稼ぎをどう使おうと、親父に口は出させない」

一騒動起きるだろう。五つ六つの子供ならともかく、ヘルガはすでに大人とみなされる年だ。内鍵のかかる小部屋を一つヘルガに供すべきだ。そうユーリイに説《と》いた。

†

物見に生れて、
物見をせいと言ひ附けられて、
塔に此身《このみ》を委《ゆだ》ねてゐれば、
まあ、世の中の面白いこと。
——『ファウスト』
ヨハン・ヴォルフガング・フォン・ゲーテ　森鷗外訳——

教会という教会の鐘は、いっせいに弔いに似た音を響かせた。ノヴゴロド公位を民会によって剝奪《はくだつ》されたスヴャトスラフが、前後を従士隊に厳重に護衛され、ヴォルホフ川に並んだ船の一つに乗る。両岸には武装した兵たちが並び、見物の群衆とスヴャトスラフの船団の双方を監視する。次の公に選ばれたスズダリ公国のムスチスラフが、すでに兵の一部をノヴゴロドに送り込んでいる。

金色の秋。帆を上げた船は川上に——南に——遡って去る。スヴャトスラフの出身の地であるスモレンスク公国にむかう。

武器を取っての騒擾は起こらず、鐘の音は風の音にまぎれ消えた。スラヴェンスキー区は、公廃位の側についたのだ。

理由がある。不足している穀物をノヴゴロドは近隣の公国から買い付けたが、高値を吹っかけられていた。住民の手に渡るときは、とんでもない価格になる。リュジン区のネジャタ殿は良策をとった。手を組んでいるスズダリ公を説いていつもどおりの価格で入手した。他区には売らせない。見返りは、ノヴゴロド公の地位である。スズダリは、これまでも最大の穀物供給の地であった。ネジャタ殿は自領の住民を餓えさせない分を確保した上で、余剰をこれも通常の価格でスラヴェンスキー区の貴族たちに売った。買収だ。スラヴェンスキー区の動きにザゴロツキー区も同調して情勢は決定したのだ。ユーリイが——少量だがヘルガも——リューベックで入手した穀物も大いに役立った。が、賞賛はヴアシリイが受けた。

公退位の数日後、鐘は慶賀を伝えた。東から西へ、城塞《クレムリン》に通じるイリイナ通りを騎馬隊、従士隊が行進する。その中心にある馬上の貴人は、スズダリ公の甥にあたるムスチスラフ――新たなるノヴゴロド公――である。華麗に装った妃と息子たちが、従者侍女たちと共に続く。橋を渡る。

聖ソフィア大聖堂に、新しい公ムスチスラフとその重臣たち、新たに選ばれた市長ネジャタと五区の大貴族小貴族、富裕な市民らが居並び、公は主教の祝福を受ける。

公の権限を規制する契約状が読み上げられ、公は跪き主教の差し伸べる十字架に口づけし、契約を遵守《じゅんしゅ》すると誓う。

公は単独で裁判を行ってはならぬ。必ず市長との共同裁判とすべし。

中核的属州領域の行政権は与えられぬ。国境地域行政のみが委託されるが、その行政は公の部下ではなくノヴゴロド人の下僚によって行われねばならぬ。

公、公妃、公の貴族、従者は、ノヴゴロド領内の土地を所有、購入したり、贈与を受けたりしてはならぬ。

……ならぬ。……ならぬ。……すべし。

やがて深い雪がノヴゴロドを閉ざす。

深い雪がゴットランドを閉ざす。アグネの曾祖父が死んだ。教会の墓地の雪を掘り分け、キリスト教徒として埋葬された。ビョルンが異教徒だったという噂は根強く、人々に不安を残す。立てた十字の墓標はたちまち半ばまで雪に埋もれた。ヘルガの言葉を守り、アグネはヴィスビューの教会で読み書きを習っている。富裕な商人の子弟と一緒に蠟板《ろうばん》に文字を記す。農夫の子だから馬鹿にされる。父も母もアグネが文字を学ぶのを喜ばない。糸紡ぎに精を出せ。機《はた》を織れ。感心してくれるのは、エイリークとカルルだけだ。

リューベックを囲む川面は氷結する。その上に雪が降る。白一色の中に百合鷗《ゆりかもめ》の細い脚が赤い。毛皮に身をくるんだヒルデグントは、兄オルデリヒの館を訪れる。

11

翌年――一一六一年――。

初夏。ヴィスビューの港はゴットランドの者が初めて見る型の帆船三艘を迎えた。前年の破船で波間に漂ったのと同じ図柄の旗を檣頭《しょうとう》に翻《ひるがえ》す船は、船腹が大きくふくらみ、船尾には甲板の幅一杯に船楼が造られていた。

三艘の船から、一団を成したドイツ商人たちが下り立った。

ザクセンの獅子公の意向と支援によって結成された商人団体である。彼らの長オルデリヒを獅子公は自分の代理人と認め、たいそうな権限を与えた。ヴィスビューの有力商人による集会《シング》が開かれ、オルデリヒ率いるドイツ商人団全員が同席し、安全の保障と平等な通商権を認《みと》める文書が交わされた。女性がいることにヴィスビューの商人たちは奇異な感を抱いた。

オルデリヒが説明した。ヒルデグントの夫が前年難船で水死した商人の一人であること、夫の持つすべてを——商人としての仕事もふくめて——妻が引き継いだこと。そうして、ヒルデグントはオルデリヒの妹であり、商売の知識を充分に身につけていること。

ヴィスビューの富商らは受け容れた。ヒルデグントの堂々とした態度と迫力が彼らに有無《うむ》を言わせなかった。

ドイツ商人たちの来訪は、アグネたちにも伝わった。

†

馬なら、力の限り疾走させることができる。帆船は風に左右される。どれほど心焦ろうと、ままならぬこともある。風よ、吹け。

風よ、吹け。だれよりもそう願うのは、舳先《へさき》に立ったヴァシリイだろう。

公の廃位と招聘は市長を交替させ、影響は商人の勢力の変化にも及ぶ。

ザハリアは市長の座を追われ、ヴァシリイと昵懇《じっこん》なネジャタ殿がその座に就いた。

商人団を率いるのは、今やヴァシリイだ。

俺にはどうでもよいことだ。ヴァシリイの権勢が強まろうと、奴隷が自由民になれるわけではないし、待遇がよくなるわけでもない。ただ失墜、没落は絶対あってはならないのだ。主が窮乏した場合、真っ先に売り飛ばされるのは奴隷だ。奴隷商人がどこの誰に転売しようと不服を言う自由は奴隷にはない。

俺の気持ちは常に二分されている。ヴァシリイに災いあれかし。いや、栄えていろ、俺を売り飛ばす必要のないほどには。ユーリイと引き裂かれずにすむほどには。ユーリイに対しても、一雫《ひとしずく》の憎しみもないとは言えない。お前は栄えろ。俺が支える。しかしお前が栄えるほどに俺の憎しみも育つだろう。俺が少しの邪《よこしま》さもなく相対《あいたい》し得《う》るのはヘルガだけだ。

リューベックでの穀物仕入れが効果的であったおかげで、ヘルガの立場は少しよくなった。ユーリイの勧めによるものでヘルガ自身の判断ではなかったが。

ヴァシリイが初めて統率者となるこの交易船にユーリイとヘルガも同船している。

ヘルガを同行させることにヴァシリイは最初、断固反対したのだった。ヘルガはフェンリルの化身だ、あるいはフェンリルが憑依《ひょうい》したのだとゴットランドの人々には思われている。こんなのを連れて行ったら、俺たちの心証まで悪くなる。商売がやりにくくなる。

父さんは、あんなのは馬鹿げた戯言《たわごと》だとわかっているんだろ。

儂は無知蒙昧《むちもうまい》な輩《やから》とは違う。ヘルガはただの小娘だ。

それなら、ヴィスビューの無知蒙昧な輩に、ヘルガがただの小娘だと示してやるいい機会じゃないか。

お前はやけにあの娘の肩を持つが、あんなのに手を出すなよ。あれは形だけでも夫がいる。そうしてカトリックだ。お前の結婚相手は慎重に選んでやるからな。あれをノヴゴロドに連れてきたのは、まったく間違っていた。俺の弱みになる。ミトロファンに悪用されなければいいが……。妹みたいなものだよ。おれの妹たちはみんな幼いうちに死んだから。

母さんも死んだしね、とユーリイは小さくつけ加えた。

神がそう望まれたのだ。ヴァシリイは言い、譴責《けんせき》はそれで終わった。

ヘルガに手を出したいのは、むしろヴァシリイ自身ではないのかと俺は危ぶむ。だからヘルガを追い出さないのではないか。

風が弱い。

急がねばならない。今年は、去年よりさらに不作の徴候が顕著だ。ひどい天候不順は隣国スズダリも同様で、去年のような援助は求められそうもない。ルーシ南部の国々は例年並みの収穫だろうが、公位を追われたスヴャトスラフの出身地であるスモレンスクは、ここぞとばかりに途方もない値を吹っかけるだろう。だが、ヴィスビューの商人に足元を見られてはならない。穀物の不足や、区ごとに利害が相反したりするノヴゴロドの不安定なさまは、今、ヴィスビューの商人に知られてはならない。ゴート商館に滞在するヴィスビューの商人たちが帰国すればわかることではあるが。そのころには取引は終わっている。

ヴァシリイの表情は焦燥を丸出しにしている。自負するほど駆け引きに長《た》けてはいないのだ、ヴァシリイは。

このたびの交易に、ミトロファンは商人団の一員として参加している。ヴァシリイに対抗する気配はみせない。だが貫禄が違う。
後ろ楯となっていたザハリアが市長の地位を失っても、ミトロファンはなお仲間の信頼を得ている。そう俺は感じる。

†

この世のなかの
どこかで漂泊《さすら》つてゐる誰《だれ》かが、
むなしく漂泊《さすら》つてゐる誰かが
わたしの方《はう》へ歩いてくる。

この世の中の
どこかで死んだ誰かが
謂《いはれ》なく死んだ誰かが
わたしの顔を見つめてゐる。

――「静かな時」ライネル・マリア・リルケ　西條八十訳――

†

暗黒。

上手《かみて》にスポット。ヒルデグントとオルデリヒが立つ。


ヒルデグント「(正面を向いて) ヴィスビューは便利な港だ。

ここはわたしたちの拠点になる。

拠点にせねばならない。

オルデリヒ「そのとおりだ、妹よ。

この港は、我々にとってこの上なく重要な地だ。

予想を超えて、多方面との多様な商品の流通が盛んだ。

ヒルデグント「わたしたちは根を張らねばなりませんね、この地に。

オルデリヒ「とりわけ、ノヴゴロドとの取引は大切にせねばな。

ヒルデグント「ノヴゴロドの商人たちは挙《こぞ》って穀物を買い集めている。

ヴィスビューの商人に確かめたところでは、例年、そんな買い付けはしていなかったそうです。

穀物はわざわざ遠国まで買い付けにこなくても、近隣の公国から輸入すればすんでいたそうな。

オルデリヒ「そういえば、去年、ノヴゴロドからきた若い商人……ユーリイという名だった……彼も穀物の買い付けに熱心だった。

ヒルデグント「不作らしいからと、ユーリイは言いました。でも、グンナルはそれを知らなかった。

オルデリヒ「彼らがリューベックに滞在している間にヴィスビューにきたノヴゴロドの商人たちも――ユーリイの父親さえ――穀物に格別な関心は持たなかったという。

ヒルデグント「不作の徴候に、ユーリイだけが気づいていた。でも、ユーリイはあまり才覚ありげには見えなかった。ユーリイの従者……名前も確かめなかったけれど……。あの男に、わたしは鋭い牙を感じたのですよ。慎ましく控えながら、わたしを観察しているようだった。わたしたちは、あの若者たちと親しい関わりを持つべき

スポットの中に、上手からミトロファン歩み入る。

ミトロファン「親しい関わりを、私と持つのはどうでしょう。

溶暗。

中央にスポット。ヘルガとアグネが抱擁を交わしている。

アグネ「待っていた。
どんなに会いたかったか、わかる?
カルルもエイリークもやさしくしてくれるから、わたし、ちっとも不幸じゃない。
でもね、ヘルガは特別なの。
わたしはヘルガの目で海を見る。
ヘルガが見る海を見る。
それは、わたしがそれまで見ていた海と違うの。

ヘルガ「(抱擁を解《と》いて)わたしは他のものも見たよ、アグネ。
きたないものを沢山。
アグネ、あんたはね、自分の見たいものを見ているの。
そして、わたしはね(自分の胸に手を当てて)ここも見たの。
ここにも、きたないものが沢山。
鳥たちが、それを啄《ついば》みにやってくる。

明るくなる。

二人がいるのは、海を見下ろす断崖の上。

空に海鳥が飛び交う。

快い風。


下手《しもて》からエイリークとカルル。

代わる代わるヘルガと抱擁を交わす。


エイリーク「お前、大きい手柄を立てたってな。

ノヴゴロドの飢饉を救ったって？

ヘルガ「わたしじゃない。

わたしは何もしていない。

よくわからないけれど、身分の高い人がうまくやったらしい。

不作だったけど飢饉というほどじゃなかった、去年は。

今年のほうがもっとひどくなりそうだって。

ライ麦の穂が黒くなる病気の兆しがあるって。

エイリーク「お前はたいそう有能な商人だと、今度はそういう噂がひろがり始めている。

ヘルガ「マトヴェイやユーリイが言い広めてくれている。

噂って雪の玉のように、転がすと大きくなるんだね。

いつの間にか、上手の端にヒルデグントが立っている。


ヒルデグント「(独白) 最初の雪玉が悪意でできていれば、たちまち巨大になる。

しかも、黒い雪だ。

あるいは血の色に染まった紅の雪玉だ。


カルル「ノヴゴロドには、ヴァンダみたいな奴はいない?

アグネ「カルルから聞いたよ。ヘルガ、辛かったのね、リューベックでは。

ヘルガ「ひとつ、知ったことがあるよ。

いつだってライ麦は同じライ麦なのに、収穫の量が少ないと、売り手は値をつり上げていいんだね。

それが当たり前なんだって。

わたし、初めて知った。

二倍にも三倍にもする。

でも、ユーリイはそれをしなかった。

わたしが持っていった羊毛も、ユーリイとマトヴェイがリューベックで穀物に換えて、ノヴゴロドで、真っ当な値で売ってくれた。

(エイリークに小さい布袋を渡す) 銀が入っている。

父さんから元手に借りた羊毛が穀物になって、穀物が銀になった。

わたしの船賃や利益を取った残り。

父さんに渡して。

エイリーク「(笑って) いっぱしの商人じゃないか。

カルル「商人ってのは、まったく不愉快だ。

ヨハンもヴァンダもくそ野郎だった。

エイリーク「お前が知るのは、その二人だけだろう。

カルル「ヴィスビューの商人だって、俺たちを締め出そうとしている。

てめえらだけで儲《もう》けるつもりだ。

ヘルガ「(アグネに) ノヴゴロドの言葉は難しいよ。

わたし、リューベックの言葉をほんの少しと、ノヴゴロドの言葉をそれよりは多く、読んだり書いたりできるようになった。

生まれ育ったゴットランドの言葉の読み書きはできないのに。

アグネ「わたしね、ゴットランドの言葉なら少し読み書きできるようになった。

そして、ラテン語もほんの少し。難しいね。

ヘルガ「ああ、難しい。

何もかも難しい。

マトヴェイは言ったっけ。

アグネ「何て?
あの、銀色の髪の若い人、何て?
ヘルガ「生きるのは、難しい、って。

下手から、エギルとソルゲル登場。
エギルはソルゲルの背後に、やや卑屈な態度で。

ソルゲル「(ヘルガに)お前がしたことは許そう。
やっと夫のもとに帰る気になったのだな。

ヘルガ、エギルが伸べた手を無視する。

アグネはヘルガの手を握る。
カルルとエイリークがヘルガとアグネを護るように前に出る。
カルルは、いざとなれば相手をぶん殴る構えだ。

ソルゲル「ヘルガ、お前のやらかしたことは、結果として悪くはなかった。
だが、お前はこのソルゲルの息子の妻だということを忘れるな。

お前の足には鎖がついている。

どこに行こうと、結局は俺の家に戻ってくるのだ。

（食ってかかろうとするカルルに）ヴィスビューの商人どもは、商いから俺たちをはじきだそうとしている。

俺たちも、ドイツ商人団とかいう連中とじかに取引をすべきだ。

ヴィスビューの奴らが間に入るおかげで、俺たちもドイツ商人団も利が薄くなる。

ソルゲルの一族とお前たちオーラヴの一族は、結束して奴らに立ち向かわねばならんのだ。

お前らの父親は、意気地なく顔を見せない。

お前たちは、ヘルガを説得して我々の結束を強くする立場だ。

二つの一族を割くようなことはするな。


ユーリイとマトヴェイが上手から登場。

カルル「（ユーリイに）やあ、久しぶり。
兄だ。おぼえてる？
エイリーク「しばらく。（ユーリイと挨拶を交わす）

アグネ、マトヴェイに目を向ける。

マトヴェイが軽い微笑を送る。

アグネ「(思わず呟《つぶや》く) 髪が……きれい。

ユーリイ「(カルルに) 何か揉めている？

ソルゲル「(ユーリイに歩み寄り) すっかり頼もしくなったではないか、ヴァシリイのご子息。

ヘルガに、夫のもとに戻るよう説得していたところだ。

妻は夫のもとにいるべきだ。


皆の視線がエギルに集まる。

エギル「(ソルゲルに促され、ヘルガに) 夫として命じる。
家に帰れ。
ヘルガ「否《ネイ》！
エギル「父さん、この女はやはりフェンリルだ。
いま、牙を剝き出しやがった。
俺はこんなのとはきっぱり別れたいよ。
こいつがいるおかげで
ソルゲル「(エギルにそっと) 言っただろうが。

ヘルガは商人としての才覚を持っているそうだ。
俺たちの収穫物を上手く売り捌《さば》く手腕《うで》もありそうだ。
手放すな。
マトヴェイ「(傍白) 何とも愚かな男だなあ。
ヒルデグント「(独白) 何と愚かな男だろう。

ヒルデグントとマトヴェイ、目が合う。
ヒルデグント、マトヴェイに軽く頷く。
マトヴェイ、丁寧に挨拶を返す。

ヒルデグント、和《にこ》やかな笑顔で手を差し伸べながら歩み寄る。

ヒルデグント「(ヘルガに) また会えて嬉しいよ。

軽く抱擁。
ヘルガ、途惑《とまど》う。

ヒルデグント「(カルルに手をのべ) 久しぶり。

カルル 「（途惑いながら握手に応え、思い当たる）ああ、あの……

（傍白）あのとき、俺に目も向けなかった女だ。

ヒルデグント 「（ユーリイに）見違えるほど頼もしくおなりだ。

わたしは、あなたたちと一緒にノヴゴロドに行きます。

あなたの父君ヴァシリイの承諾を得ました。

ユーリイとマトヴェイは顔を見合わす。

ユーリイ 「（傍白）いいのか。異国の商人にノヴゴロドの穀物不足を知られて。

ヒルデグント 「兄オルデリヒをはじめ全員、賛同しています。

イヴァン商人団の方々も賛成してくれました。

ドイツ商人団は、この先、ノヴゴロドと親交を結びたい。

そのためには、ノヴゴロドを訪問せねば。

今は商人団を結成したばかりで、ヴィスビューと取り決めを交わすだけで手一杯。

まず、わたしが一人でご挨拶に行きます。

マトヴェイ 「（傍白）状況視察。

ヒルデグント 「（面食らっているソルゲルに）初めまして。

リューベックの商人です。

よろしく。

（ヘルガに）あなたの義父は、リューベックの言葉が通じないようだ。

あなたはわかるね。

伝えて。


以降、ヘルガがぼそぼそとソルゲルに通訳する。


ソルゲル「リューベックでは、女の商人が？

ヒルデグント「夫が商人でした。

兄も大商人です。

資力と才能があれば、後を引き継ぐことができます。

ヘルガがノヴゴロドで商人のやり方を学ぶのは、いずれ貴方がたにとっても利がありますよ。

ヘルガには能力があります。

ユーリイ「（大声で明瞭に通訳する）ヘルガには能力があります。

ソルゲル「だが、元手がない。

ヒルデグント「貴方がたが後ろ楯になればいいのです。

（エギルにむかって）貴方と結婚するとき、ヘルガは家畜を持ってきましたよね。

その分を穀物に換算してヘルガにお渡しなさい。

大きい利益を得ます。

ソルゲル「（ヘルガに）おい、本当にこの女がそう言ったのか。

お前が勝手に
ユーリイ「そう言っていますよ。

ヒルデグント「それが、貴方がたの儲けになります。

来年、ノヴゴロドからの船がゴットランドに入港するとき、貴方がたはヘルガから受け取るでしょう。

高価な黒貂《くろてん》の毛皮。

安価で重宝な栗鼠《りす》の毛皮。

教会の蠟燭を作るのに欠かせない蜜蠟《みつろう》。

あるいは、銀。

（ソルゲルに）ヘルガは、貴方の息子の妻です。

貴方にはヘルガをここにとどめる権利があります。

ソルゲル「なんだかややこしいことを言う。

ああ、こういうときギースリがいれば。

あいつは難しいことがよくわかる。

こいつは役に立たん。

カルル「（傍白）ヘルガの評判がよくなったから、ギースリは首を引っ込めた亀みたいになっている。

ヒルデグント「けれど、ヘルガがノヴゴロドで商売を学んだら、貴方がたに、はるかに大きい利益をもたらします。

ヘルガはノヴゴロドの言葉もおぼえるでしょう。

貴方がたとノヴゴロドの商人の橋渡しになるでしょう。

ユーリイ「（通訳ではなく、自分から）ヘルガを今ここに鎖で繋ぐより、はるかにこいつに手を
エギル「あんた、この女が俺の妻だとわかっているのか。

ユーリイ「充分にわかっているよ。

あんたと結婚しているということを。

その上、ヘルガはカトリックだしね。

妹のように扱っている。

そっと、大事にしている。

エギル「妹ね。

へっ、若い女が傍《そば》にいたら、男がどういうふうになるか、へっ。

ソルゲル「お前は口を出すな。

ヒルデグント「話は決まりましたね。

商談に入りましょう。

ヘルガが結婚に際し持参した家畜などはどのくらいか。

穀物に換算すると、どれほどになるか。

ヘルガ、これはあなたの商談だからね、あなたがソルゲルと交渉するのよ。

ヘルガ「(頷く)

ソルゲル「(エギルに)それらがどうなっているか、前もって正確に調べておかねばならん。死んだ羊や、乳がでない役立たずの牝牛もいる。

こい。


エギルを伴ってあたふたと下手に去る。

アグネ「ヘルガ、来年もまたくるね。
また会えるね。
ヘルガ「(アグネに頬ずりする)
アグネ「わたし、十五になったらリューベックに行く。
ヘルガがリューベックに行ったのと同い年。
そして、リューベックの言葉を読み書きできるようにする。
ヘルガがノヴゴロドの商人と一緒に、ここにくるよね。
わたしはリューベックの商人と一緒に、ここにくる。
リューベックの人の言葉を、わたしがゴットランドの言葉で言う。

ヘルガ「その言葉を、わたしがノヴゴロドの人にノヴゴロドの言葉で伝える?

アグネ「そう。

ヘルガ「わたしたちが、橋になる?

アグネ「そう。

ヒルデグント「何を話しているの、あんたたち。


ヘルガがたどたどしく伝える。


ヒルデグント「(笑いだして)それはいいね。

(アグネに)いま、幾つ?

アグネ「(ヘルガに伝えられて)十二。(言いながら指で示す)

ヒルデグント「言葉をおぼえるのは、早いほうがいい。

年を取るほど、新しい言葉を使いこなすのは難しくなる。

ここの言葉とリューベックの言葉は似ているから、それほど困難ではないだろう。

わたしはこれからノヴゴロドに行く。

ゴート商館に滞在しているヴィスビューの商人たちが帰国するとき、同船して、ここに戻ってくる。

そうして兄たちと一緒にリューベックに帰る。

そのとき、一緒に連れていってあげようか。

エイリーク「(ヘルガが伝えるのを聞いて) アグネ、無鉄砲なことをするんじゃない。

カルル「(兄に) 大丈夫だと思うよ。

ヘルガは、グンナルが悪意に充ちた噂をひろめたし、くそ女が非道《ひど》い扱いをした。

でもあの大商人の妹が庇護してくれるのなら。

エイリーク「庇護かどうか、わからん。

初対面の相手をどれだけ信用できる?

カルル「(マトヴェイに) どう思う?

マトヴェイ「気をつけて。

彼女はゴットランドの言葉がまるっきりわからないわけじゃない。

ヒルデグント「(笑いだして)。

あんたたちがわたしを信用できるかどうか迷っているということは、察しがついた。

こうしよう。

わたしはこれからノヴゴロドに行く。

ヘルガと一緒だ。

わたしがノヴゴロドに滞在する期間は短いけれど、その間にヘルガはわたしが信頼に足るかどうか、
見きわめるだろう。

来年の初夏、わたしたちはリューベックからここにくる。

ヘルガもユーリイたちと一緒にノヴゴロドからここにくるだろう。

そうして、わたしについて、アグネ、あんたに告げるだろう。
それによって、あんたは行動を決めればよい。
さて、ヘルガ、あんたの持参物を確認しに行こう。

ヒルデグントはヘルガと共に下手に去る。
他の者も退場。
舞台空白。
溶暗。

船荷を積み込む音やざわめき、ひとしきり。
やがて、止む。

中央にスポット。
ヘルガがひとり立つ。

ヘルガ「船は帆を上げた。
わたしの荷も積んで。
風よ、吹け。

大勢の歌声
風よ、吹け
風よ、吹け
おお、風よ、吹け

歌の間にライト静かに消える。
闇の中に、歌声だけ残る。

波よ、歌え
波よ、歌え
おお、波よ、歌え

歌声は次第に遠ざかる。

星よ、眠れ
星よ、眠れ
おお、星よ、眠れ

神よ、護り給え
神よ、護り給え
おお、神よ……

歌声消える。


暗幕の前に薄明かり。

上半身に頑丈な布紐の先端の輪をかけ船を曳く男たちが下手よりあらわれ、かけ声と共に暗幕の前を横切り、上手に吸いこまれていく。

暗黒。


上手より、火矢が、一閃。飛ぶ。

続いて、上手より多くの火矢が、闇を貫く。

喚声。


明るくなる。

森に包まれた川。

船の甲板上。
燃える帆の火を消そうと躍起になる水夫たち。
小舟から船に飛び移ってくる賊の群れ。
荷を護ろうと抵抗する商人たち。

ミトロファン「(ヴァシリイに)頭目に話をつけておかなかったのか。
ヴァシリイ「行きに、往復分の通行料を渡してある。

甲板上の攻防激しい。
短剣を振るうヘルガの姿もある。
賊どものミトロファンに対する行動が不審である。
賊どもは、ミトロファンを襲いながらも傷つけないようにしている。
頭立った者がミトロファンに囁《ささや》く。
ミトロファン、納得し、ヒルデグントを指し、囁く。

賊の頭目「(大声で手下たちに)そのご婦人に手をだすな。
異国からの大切な客だそうだ。
船荷とは無関係だ。

（ヒルデグントに）静かにしていな。

一方、水夫たちは、荷をすべて賊どもに差し出す。

水夫たち「荷を渡せば、命ァ助かるんだ。
「抵抗するな。

ヴァシリイとユーリイ、マトヴェイ、ヘルガらは荷を護ろうと必死。
ヴァシリイを襲う賊の背に、ヘルガは短剣を突き刺し、抉《えぐ》る。
倒れた賊の背に、何度も突き刺す。
その間に、荷をすべて奪った賊たちは小舟で岸に渡り、森に引き上げる。
転がる屍体は、ヘルガに刺し殺された賊。

ヘルガ「（深紅の両手を見る。呟く）わたしは……フェンリル？

暗転

12

暗黒。

下手寄りにスポット。

ヒルデグントが一人立つ。

ヒルデグント「(独白) まさか、このような悲惨な街を訪れるとは。

誰が予想しよう。

ヴァシリイもミトロファンもここまでとは思っていなかったようだ。

我が身に危険は及ばないか。

いささかの不安はある。

ゴート商館で夏を過ごしたヴィスビューの商人たちは、すでに故国に向けて出帆《しゅっぱん》したという。

来年の初夏、この国の商人たちがヴィスビューに向かうまで、わたしはここに留まるほかはない。

わたしは、餓えはすまい。

ヴァシリイの居宅で安穏に過ごしている。

貴族は餓えない。

市長ネジャタは餓えない。

前の市長ザハリアも餓えない。

富裕な者は餓えない。

ヴァシリイは餓えない。

ミトロファンも餓えない。

穀物は、ある。

が、貧しい者の手には入らない。

初夏に収穫するライ麦は、病気の発生でほぼ全滅したという。

その上、八月の末頃、恐ろしく寒冷な日が続き、春蒔《はるま》きの小麦や粟、燕麦《えんばく》の実りが乏しかったという。

値《あたい》が暴騰《ぼうとう》している。

ライ麦一樽二十グリヴナ、小麦は四十グリヴナ、粟が五十グリヴナ、燕麦が十三グリヴナ。

一グリヴナはリューベックの一銀マルクにほぼひとしい。

ライ麦が一樽二十銀マルク。

途方もない値だ。

穀物を買えない者たちが食べるのは、苔、きんぽうげ、樹皮、菩提樹《ぼだいじゅ》や楡《にれ》の葉だという。

共同墓地は餓死した者で溢れているという。

街路のそこここに骸《むくろ》がころがり、子供の屍体を犬が喰っているという。

夜のあいだに清掃人が荷車に乗せて墓地に運ぶから、私はこの目で骸を見てはいないが、外に出ると、痩せこけた者たちが寄ってきて、食を乞う。

溶暗。

照明入る。

〈ヤロスラフの館〉の一室。

五区の大貴族、富裕層などが集まっている。

リュジン区

ネジャタ（大貴族。新市長）

ヴァシリイ

ネレフスキー区

ザハリア（大貴族。前市長）

ミトロファン

スラヴェンスキー区

大貴族1

プロトニツキー区
　大貴族2
ザゴロツキー区
　大貴族3

その他各区の貴族、富裕層、多数。

彼らの多くは、いきり立っている。

大貴族2「何のためにスズダリから公を迎えたのだ。

大貴族3「スズダリ公の甥御《おいご》だというのに（スラヴェンスキー区の大貴族1の顔色を窺《うかが》いながら）まるで無力ではないか。

（大貴族1が同意の表情を見せたので、勢いづく）何としても、スズダリから穀物を

ネジャタ「皆々も承知のはずだ。

民会の度に私は貴君らに説いてきた。

同じことをまた言おう。

ムスチスラフ公は、幾度《いくたび》となく伯父君スズダリ公に使者を送られた。

私自身もスズダリに赴《おもむ》き、公にお願いした。

しかし、スズダリもまた不作なのだ。

ノヴゴロドに融通する余裕がない。

南の諸公国、ポロツク、ミンスク、チェルニゴフ、そうしてキエフにまでも、買い付けの商人を送った。

やがて彼らが、調達した穀物を運んでくるだろう。

私はむしろ、ネレフスキー区のザハリア殿に問いたい。

貴君はスモレンスクに帰国したスヴャトスラフ殿と親しい。

スヴャトスラフ殿は不本意な退位によって、ノヴゴロドに不満を持っているであろう。

しかし、ザハリア殿、今はノヴゴロドの危急の時だ。

我々は一つの岩塊となり、この苦難を乗り越えねばならぬ。

貴君とスヴャトスラフ殿との絆を、ノヴゴロドのために用いてもらいたい。

ザハリア「如何《いか》にも。

五本の指にわかれたノヴゴロドの各区が一つの拳になるときだ。

私はすでにスヴャトスラフ公に請願の使者を送り、商人も派遣しているのだが。

今一度、スヴャトスラフ公の頑《かたく》なに結ぼれた口から、諾《だく》のお言葉をいただくよう努めよう。

ミトロファン、其方《そち》に書状を託し、買い付けも命じよう。

ミトロファン「いつなりと出立いたします。

先に出向いた者は、何をもたついているのやら。

ヴァシリイ「私も同行しよう。
ネジャタ様、如何《いかが》でしょう。
ミトロファン「とんでもない。
貴君は公の退位に力を貸した一人だ。
私なら消し得るであろう公の憤怒の炎が、貴君を見たらいっそう燃え上がる。
大貴族1「どの区も公平に利を得ることが重要だ。
ミトロファン「確かに。
五区からそれぞれ、代表の者を選び、揃って
ネジャタ「待て。ノヴゴロドがスモレンスクに膝を屈するのか。
後半年の辛抱だ。
来年の春になれば
大貴族3「半年。無理だ。農民どもがすでに、他国に逃亡し始めている。

召使い、慌ただしく入ってくる。

召使い「セミョーンさまが
ネジャタ「ポロツクに送り出した商人だ。
穀物を持ち帰ったか！

召使い「いえ、それが……

他の召使いらに支えられて、商人セミョーンがよろよろ入ってくる。
服装が乱れ、顔面蒼白。

一同、腰を浮かす。ミトロファンの動作は、一瞬遅れる。

ヴァシリイ「どうした！　盗賊に襲われたか。
ネジャタ「(ヴァシリイよりは冷静に) 何があったのだ。
セミョーン「追い返されました。
街道には兵士たちが……。
その指揮官らしいのが申しました。
殺されないだけありがたいと思えと。
ネジャタ「解《げ》せぬ。
ポロツクとノヴゴロドの間には、現在何の確執もない。
何故《なにゆえ》……。
(思い当たった様子で) いや、まさか……。
セミョーン「指揮官が告げた言葉によりますと

そのとき、もう一人商人が入ってくる。すこぶる健《すこ》やかだが、態度はやや、おずおずしている。

大貴族2「エシフ！　成功したか！

エシフ「いえ……。

（ネジャタに）スモレンスクを通り抜け、チェルニゴフに行くつもりでしたが、スモレンスクの軍がノヴゴロドとの国境近くに集結しておりまして。私は捕らえられました。

ネジャタ「投獄？

大貴族1「（傍白）それにしては、顔色がよい。

エシフ「ネジャタ市長さまへの書状を渡され、解放されました。スモレンスクのスヴャトスラフ公からでございます。

ネジャタ、目をとおす。

ネジャタ「（エシフに）其方は内容を知っておるのか。

エシフ「目をとおしてはおりませんが、あらましは教えられました。

ネジャタ「街道封鎖の軍勢はどれほど？

エシフ「正確な数はわかりませんが、結構な大軍と……。

ザハリア「何事が？
ネジャタ「(疑わしげな目をザハリアにむけてから、全員に) ムスチスラフ公のお館に参じねば。出兵をお願いする。

他の貴族たち、口々に説明を求める。

ネジャタ「スヴャトスラフは、スモレンスクのみならず、南の諸公国に話をつけ、ノヴゴロド、スズダリに通じる街道の国境付近をすべて封鎖し、糧道を断《た》った。キエフの大公も力を貸している。察するに、諸公国はスズダリとノヴゴロドが結束してより強大になることを忌避し、スヴャトスラフの暴挙に賛同したのであろう。ムスチスラフ公に従士隊の出動を請おう。我々貴族は当然、郎従《ろうじゅう》を率い出兵せねばならぬ。さあ、一刻も早く、公の館へ。
ザハリア「待たれよ。スヴャトスラフ公の真意は那辺《なへん》にあるのか。ノヴゴロドを徹底的に餓えさせ、滅亡させたいのか。それとも、兵を引く条件があるのか。

書状には認《したた》めてないか。

ネジャタ「（冷ややかな目をザハリアに向け）貴君が即座に賛意を表するであろう条件は記されておる。

まず、ムスチスラフ公にご披見いただこう。

公が、貴君らに告げられるであろう。

大貴族1「今、ここで公表できぬことなのか。

ネジャタ「できぬ。私の権限外だ。

大貴族1「およその察しはつくが。（ザハリアに視線を投げる）

ザハリア、些《いささ》かもひるまず平然としている。

ネジャタ「参ろう。ムスチスラフ公の館に。

それぞれの思惑を胸に、一同退場。

溶暗。

下手にスポット。ヒルデグントが立つ。

ヒルデグント「戦《いくさ》……。

ノヴゴロドの荒廃をリューベックは望まないが。
スモレンスクは海への道を持たない。
商いの相手には適さない。
ノヴゴロドに栄えてほしいものだが……。
わたしに今できることは？
兄たちにすぐにも知らせたいけれど、伝える手段《すべ》がない。
何と、もどかしいことか。

使者登場。

使者「ミトロファン様からの使いの者でございます。
我が主《あるじ》が、ヒルデグント様を晩餐にお招きしたいと申しております。
主の書状でございます。
ヒルデグント「(目をとおし) お招きに応じましょう。

暗転

†

夕暮れ　秋の森が鳴り響く
死の兵器に、黄金の野が、
青い湖が、その上を太陽が
ひときわ暗く転がっていく。夜が抱く、
死んでいく兵士たちを、
その砕かれた口から漏れる烈しい嘆きを。
――「グロデク」ゲオルク・トラークル　杉岡幸徳訳――

†

この状況を不安に思われるだろうが、とミトロファンは言った。じきにおさまります。ゴットランドの言葉を用いているが、時折ザクセンの単語も混じる。ヴィスビューでドイツ商人団と接しながら少しおぼえたようだ。
そうですか。口数少なくヒルデグントは応じた。ヒルデグントは自国の言葉で話すほかはない。ノヴゴロドの商人は早いうちからゴットランドの言葉を習得するという。これからはザクセンの言葉を識《し》ってほしいものだ。ゴットランドの女の子アグネとヘルガの交わした言葉を思い浮かべる。ヘルガはノヴゴロドの言葉をまなび、アグネはリューベックの言葉をまなび、橋になると言っていた。役に立ちそうだ。有効に使おう。

ヴァシリイの住まいに滞在している間に、ノヴゴロドという国とその首都の特殊なありようを幾分かヒルデグントは知った。それぞれ市の外に広大な領地を有する大貴族を中心にした五つの区《カネッツ》に分かれていることや、その勢力争い、ノヴゴロド公は民会によって選ばれることなど。

糧道を封鎖したスモレンスクのスヴャトスラフが示した解除の条件は、当然ながら民会の総意としてムスチスラフ公を退位させ、自分を復位させることだ。これも当然ながら、ムスチスラフ公は一蹴し、出兵を命じた。ヒルデグントが知るのは、その程度だ。

腹の中を探り合うさりげない会話が最初は交わされた。

飢饉の最中とは思えぬ、パンも肉も豊富な食卓であった。もっとも、ヴァシリイの住まいでもこの程度の食事は供されている。

スヴャトスラフ殿の策を、貴方はご存じなかったのですね。ヒルデグントは切り込んだ。

まったく知りませんでした。

そうですね。ご存じなら、襲撃を受けたとき、あれほど狼狽《うろた》えはなさらなかったでしょう。

あのとき目の隅に映ったミトロファンの様子が、ヒルデグントの脳裏に甦っている。賊どもが彼を取り囲み、何か言った。その後、彼の抵抗は形ばかりになった。

スヴャトスラフの策戦がノヴゴロドを飢餓に陥れることとあっては、ザハリアは穀物輸入を妨害せねばなるまい。それもノヴゴロドの人々には知られることなく、ひそかに。

賊を買収したのか。ザハリアの手の者が指揮をとったか。

賊どもが奪った穀物は、前市長ザハリア殿と、ミトロファン、あなたの屋敷地内の倉庫を満たしているのですね。

私はそんな非情なことはしませんよ。ミトロファンは微笑した。

信じるふりをヒルデグントはした。

今のノヴゴロド公……おぼえにくい名前をよどみなく言えず、口ごもるヒルデグントに、ムスチスラフ公、とミトロファンは言葉を添えた。

ムスチスラフ公の軍が勝利したら……

それはあり得ないのです。兵の数に圧倒的な差があります。ノヴゴロド一国――スズダリの公《こう》が援軍を出したとしても二国。それに対して、スヴャトスラフ公の軍は、キエフ大公の呼びかけもあって、南の公国のすべてが味方についています。ノヴゴロドがスモレンスクに軍を進めれば、その背後を断ち切られ、包囲殲滅《せんめつ》されます。国境に達するだけでも十数日の行軍です。その間の、兵の食糧、馬の飼料も補給し続けねばならない。不足すれば兵は付近の農民から掠奪《りやくだつ》し、憎しみと恨みを買います。

ザハリア殿も郎従を率いて出兵しておられるのですよね。

向かった先はポロツクです。

言葉の裏をヒルデグントは理解した。ザハリア殿がスヴャトスラフ公の味方であることは両軍とも承知で、この国境の戦闘は形のみで終わる。

末端の兵は将の真意を知りません。多少の死傷者は出るでしょう。

そのような重大なことを異国からの商人に明かしていいのですか。

貴女は賢明な方だと確信するからです。ヴァシリイと私。貴女はどちらを選びますか。

ヒルデグントは逆に問い返した。スヴャトスラフ公と、ムスチスラフ公。どちらがノヴゴロドのために良いのでしょう。

ノヴゴロド公としてですか。同じようなものです。平然とミトロファンはそう言った。どちらかが特別善政を敷いた、あるいは残忍な苛酷な統治を行った。そういうことはないのです。ずば抜けて賢明な者も、とびきり愚鈍な者もいない。公は、我々が決議した事項を承認する存在であればいいのです。スヴャトスラフ公はいささか行政に干渉しがちな傾向がありましたが。

民会が決定しただけでは、権威に欠けるのですね。

そのとおりです。さらに、公の率いる従士隊が有用です。訓練を受けた戦士たちですから、公と一緒に兵を雇うようなものです。

公は傭兵隊長ですか。

そうも言えます。声だけ、二人は笑いあった。

公はあの城塞《クレムリン》の中におられるのですね。

おや、まだご存じではなかった？　市から南に少し離れた……そうですね、馬ならほんの一走りの川沿いに小さい城塞がありまして、公位に就《つ》いた方は家族ごと、そこに住まわれます。教会も従者の住まいもすべてその城壁内にあります。

話が逸《そ》れましたね、とミトロファンは話題を元に戻した。誰を公とするかは、区にとって重大なのです。

それはヒルデグントにも充分理解できた。

不思議なのですが、とヒルデグントは微笑を絶やさず言った。ノヴゴロドの公は他の公国の大公、公と異なり、ずいぶん多くの制約を受けるようですね。それでも戦闘をしてまで公位に就きたいものなのですか。それほど魅力のある地位なのですか。

何といっても崇敬を受ける最高位ですからね。公国の数は限られ、したがって公もまた増やすことはできない。後継者も決まっている。後継者以外の血筋がノヴゴロドの公位を欲しがる。公となれば、行政管轄下におかれた若干の地域の税や裁判手数料を得られる。公位にある間は定められた範囲の土地で狩猟や蜜の採集もできます。なかなかの収入になるのですよ。

しかし、このように公位が不安定で、さらに戦闘まであっては、今後交易がどうなるのか……。

戦闘でさえ利に繋げるのが賢明な商人です。巻き込まれなければよいのです。利用するのです。

賢明とは悪辣《あくらつ》と同義なのかと眉をひそめるほどヒルデグントは純真ではない。利と情が相反するとき、利は情をはるかに上回る。利になるようなら、たっぷり情もかけてやろう。

なるほど。貴方もヴァシリイも鉄を大量に買い込んでいましたね。ノヴゴロドには鉄の産地はないのですか。

いや、ノヴゴロドは鉱産物に恵まれず、銀、錫《すず》、鉛、すべて輸入に頼らねばならないのですが、鉄だけは産します。

それでも戦時にあっては足りない？

まったく不足です。

ミトロファンはさらに続けた。ヴィスビューの商人は、どれほど富裕であっても身分は所詮《しょせん》農民です。広い農地を持った者が、商いにも手を出し成功した。それだけのことです。リューベックの遠洋商人はザクセン大公の保護を受け、大公を後ろ楯としている。これは実に大きい。あなた方は発展するでしょう。スヴャトスラフ公とムスチスラフ公、どちらがノヴゴロドのためによいか、と貴女はさっき問われた。答えましょう。スヴャトスラフ公です。公が復位されれば、ザハリア殿が市長に再任されます。そうして、私、ミトロファンがノヴゴロドの商人たちを統率します。私はだれよりもよく、リューベックの重要さを認識し、これからのリューベックの発展を確信しています。私はドイツ商人団のために、いろいろと便宜を図りましょう。お互いの利益になる。ヴィスビューの商人は、ご存じでもあろうがノヴゴロドにささやかな商館を持っており、夏の間滞在して買い付けを行います。ドイツ商人もここを利用されるといい。この騒動が鎮《しず》まったらご案内します。

是非、と言いながらヒルデグントは思案を巡らす。

私が感嘆したのは、とミトロファンが続ける。あなた方が用いた船です。新しい構造ですね。船舷《せんげん》の鎧板《よろいいた》が従来とは逆の張り方をしている。下の板材を上の板材に重ねている。

わたしは詳しい知識は持ちませんけれど。ヒルデグントは応じた。兄オルデリヒが言うには、あの造り方のほうが船体の強度が増すそうです。コッゲ船と呼ばれています。誰の考案によるものか知りませんが。

ずんぐりと横幅が広くなって、見た目はよくないが積載量がたいそう増している。遠洋交易に適するよう船を改良していることに、私はリューベックの熱意を感じるのですよ。感動するほどに。

よく観察していると、ヒルデグントも感心する。

貴女は当地で一冬を過ごされる。

そうです。来年、貴方がたがヴィスビューに向かわれるまで、ここに滞在せねばなりません。

ゴート商館の商人たちの帰国は、例年より早かった。不穏な気配を彼らはいち早く感じ取ったのですな。

兄がさぞ案じているだろうとヒルデグントは思う。ノヴゴロドの政変は知るまい。いや、ゴート商館からヴィスビューに帰る船にわたしが乗り遅れ、ノヴゴロドに留まったことはわかるだろう。人為的飢餓や戦闘開始のことは知るよしもないから、わたしが安穏にノヴゴロドで冬を過ごすと思い、さして危惧《きぐ》もしないか。

毛皮は、冬に上質なものが採れますね。

ヒルデグントがそう言うと、ミトロファンは大きく頷いた。

真っ先に最良の毛皮を選び、仲買を介さず買い取れる。

公位争奪戦のさらに先に、二人は目を向ける。

†

急《いそ》げ、梭《ひ》よ、急《いそ》げ、
飢餓《きが》は迫《せま》れど食《しょく》なく
わが娘《むすめ》の子《こ》は麵麭《ぱんぽ》欲しと泣《な》く、

――「織師の唄」カルメン・シルヴ　西條八十訳――

†

散り散りの兵たちが、二人、三人と、ひっそり逃げ戻ってきている。そんな噂が伝わる。彼らは己の家の中に隠れている。見つかったら処刑される。

定期市はそれでも開かれる。穀物は出品されない。供給する者と欲する者の直取引だ。市場《いちば》に出したら忽《たちま》ち強奪《ごうだつ》の対象になるだろう。

隣家のステパンが、こっそり訪れてきて師匠のために穀物を請う。値をつり上げようとするヴァシリイをユーリイが止める。イコンの絵師に非情なことをしたら天国に行けないよ。ヴァシリイは笑い捨てる。父さんは危うく地獄に堕ちるところだったんだよ。儂《わし》が？　いつ。船で賊に襲われたとき。

父さんは気づく余裕もなかっただろう。助けたのはヘルガだ。そんな馬鹿な話を誰が信じるか。あの小娘が儂を助けた？　馬鹿馬鹿しくて話にならん。信じなくてもいいけれどね、父さん、今年の一月の「神現祭」、怠けただろう。風邪気味だったんだ。氷を割って水に入るのは……。みんな、その氷の張った水に頭まで浸かって罪を洗い流す。俺もやったよ。でも父さんはやらなかったから、去年の罪がそのまま残っている。いいことはできるうちにやって、その分、罪を減らしておくと、天国に行きやすいよ。

損得の差引勘定はヴァシリイも納得でき、適正な価格で売った。

ステパンは穀物の樽を一つ運んで行ったが、ほどなく再訪し、尻のあたりがむず痒いような落ち着かない顔つきで、ヘルガに渡してくれと掌《てのひら》ほどの大きさのイコンをよこした。これは本当のイコンじゃないから、これに祈っても神様には届かない。俺まだ修業中で本当のイコンは描かせてもらえないし、イコンを描くときは神様のことだけ思っていなくてはいけないんだけど、俺が……口ごもってから一気に、思ってたのは、そう言いかけたとき、ヘルガとユーリイが顔をのぞかせた。自分で渡せよ。俺が言うと、ステパンは無意味に大笑いし、踵《きびす》を返しかけ、振り向いた。「ザゴロツキー区がなんだか騒がしいって、聞いてるか」「聞いている」俺が応じると「気をつけようぜ」残りたがる足を無理に動かして前のめりになって行こうとし、またこっちを見た。「子供を奴隷に売ったって」「誰が？」俺の声は険しくなった。「食えなくなって、売った奴、何人もいるってよ。餓えた街は奴隷商人の仕入れ場だ」俺の顔つきがよほど険悪になったのだろう、ステパンは首を竦《すく》めて去った。

イコンではないけれどイコンみたいな絵を俺はヘルガに渡した。

白樺の樹皮に文字を刻みながら俺は思う。いま、これを食べて餓えを凌《しの》いでいる者がいる。子供は売られ穀物に替わる。否応《いやおう》なく。親は子の自由を食っている。

ヴィスビューで買い入れた穀物は賊に奪われたが、貴族や富豪の穀物倉には前からの蓄積がある。その上、如何《いか》に不作であろうと、貴族たちは自領の農民から税として容赦なく作物を徴収する——憐れみを持つ徴税人は役立たずとして処罰される——。富商はそれを買う。買って高値で売り捌《さば》く。

富商の奴隷であるおかげで、俺は餓えない。

貴族たちは郎従を率いて出兵した。

ネレフスキー区はポロツク国境に、他の四区はスモレンスク国境に向かっている。

現ノヴゴロド公ムスチスラフの長子が、従士隊を率いる。未だ若く戦闘の経験のない公子は名のみの総帥で、老練の従士隊長が実際の指揮をとる。貴族たちの私兵を指揮するのも、戦闘の訓練を受けている従士だ。

貴族の奴隷ではないことを、俺は幸運だと思うべきだろう。俺の主《あるじ》が貴族であれば、奴隷は使い捨ての兵とならざるを得ない。もっとも、市内に攻め込まれたり、区と区が対戦する場合なら、主が誰であろうと真っ先に使い捨てられるが。

現にヴァシリイは、剣や弓矢などを調達し始めている。ムスチスラフ公の軍が敗退し、敵が市内にまで攻め込んできた場合に備えているのだろう。

俺は実戦を知らない。武器を取ったのは賊に船荷を奪われたあのときだけだ。賊。あれはザハリアが手をまわしたのだ。俺は確信する。

ザハリアの思惑をぶち壊す方法がひとつある。

噂を流すことだ。

穀物はザハリアのところにふんだんにある、と。

餓えた者たちは、殺到するだろう。

いや、ザハリアだけではすむまい。貴族、富豪、富商の倉は襲われるだろう。穀物の値が下がらなければ。

ことさら噂を流さずとも、貧しい者たちは気づいているだろう。彼らのもっとも必要とする物がどこにあるか。

彼らは狂暴に襲うだろう。餓狼《がろう》が肉を求めるように。容赦なく。彼らは個としては弱い。しかし、群れは、八方に刃を突き出した鉄塊となって遮二無二《しやにむに》押し寄せるだろう。

そのとき俺は、ヴァシリイの倉を護るために彼らをぶちのめし追い払うのか。

俺の中に常に潜《ひそ》む何か得体《えたい》の知れないもの。それが凝固すれば怒りとなり、行動としては攻撃となるもの。

俺がユーリイのような富商の息子であれば、あるいは貴族の息子であれば、この感情は生じないか？　どんな境遇であっても、俺の中には激しい攻撃の源となる力が存在するのではないか。

ヘルガに同質の力が内在するのではないか。

賊の背に幾度となく短剣を突き刺すヘルガ。武器を失った決闘で、歯を武器としたヘルガ。

思考の結果ではない。体が反射的に動く。

名も顔も知らぬ祖父よ。なぜ、敵に囚われた。なぜ、奴隷に甘んじた。俺の怨嗟《えんさ》は非在のものにまで向けられる。

俺が求める自由。それは貴族しか所有できない。自由を規制する法をつくるのは、貴族だ。その下の身分の者は、法の規制の枠内で生きねばならない。俺の生は、さらに狭い檻の中に限られる。怒りは俺の中に累積する。暴徒らが富豪を襲うとき、俺の怒りは、彼らの怒りと一つになるのではないか。俺はそれを恐れる。叛徒はやがて吊されて骸《むくろ》になるのみだ。力あるものを倒すのはそれにまさる力を持つもののみだ。


暴動が炸裂する寸前、ノヴゴロドの民会は公の交替を決した。敗残の将士が引き上げてきた。捕虜となった将は身代金と引き替えに釈放されたが、捕らわれた兵は奴隷商人の手に渡ったらしい。

民会の詳細な状態は俺たち下々《げげ》の者にはわからず、結果を知らされるのみだ。わずか一年でムスチスラフ公は退位。スヴャトスラフ殿が復位する。民会で五区のうち反対したのはリュジン区だけ。他の四区は民の窮乏を救うという名目で賛成した。一年前にリュジン区のネジャタがやって功を奏した買収策を、ネレフスキー区のザハリアが踏襲したのだ。ヴァシリイの憤激と罵声から察しがついた。だからどうなんだと俺は思うだけだ。

貧しい者の餓死を勝利の手段にした戦闘が終結した後、一年前の光景が、去る者と来る者を逆にして再現された。

ムスチスラフ公は小城塞からそのまま、東に境を接するスズダリ公国に帰ることもできたのだが、騎馬隊従士隊をつらねイリイナ通りを堂々と行進し、去って行く。ミトロファンに蹴落とされることになるヴァシリイは、これも市長の地位をザハリアに奪い返されることになるネジャタ殿のもとに伺《し》候《こう》している。憤懣《ふんまん》をかわしあったり今後の策を講じたりしているのだろう。ユーリイとヘルガ、俺は、群衆にまじって見物した。ステパンがもじもじしながらヘルガの後にそっと立った。ムスチスラフ公とその長子が馬首を並べて進む。敗残の身なのにムスチスラフ公は昂然と衆人を睥睨《へいげい》し、公子は別人のように凄みを帯びていた。戦場で何を見たのか。何をしたのか。一月《ひとつき》あまりの間に少年の顔ではなくなっていた。

隊列は去り群衆が散り散りになった後も、ヴォルホフ川の河畔にヘルガは佇《たたず》んでいた。イコン絵師の弟子のまつわりつく視線が煩《うるさ》くて離れ、そのためにユーリイやマトヴェイとはぐれてしまった。南から北へ流れそうして海に続く川に、視線を落とす。体は岸に腰を下ろしているけれど、ほんとのわたしは水面《みなも》を漂っている。海に流れていかないのは、水辺の草が絡まっているからだ。引き留める草は、脳裏にある二つのもので、その一つは信頼に充ちたアグネの眼だ。ヘルガ、来年もまたくるね。また逢えるね。わたしたちが橋になる？　そう。

　わたしは不在のひとみをもつ夢ではなかったか、
　凝固し、凝固しない夢、そして
なにものもそこでは終ることができないもっと大きな夏のために

お前の夏の色からもうひとつの石の青さしかひきとどめようとしない夢では。

――「夜の夏」イヴ・ボンヌフォア　宮川淳訳――


橋になれないのだよ、アグネ。来年の夏ゴットランドに戻っても、ソルゲルに渡すものはない。元手で購《あがな》ったものは奪われた。商いの段取りもドイツの女商人がつけてくれたので、わたしは何もしていない。そして商人の言葉で言えば、大損をした。その前に父から羊毛を借りてリューベックで穀物に換え、ノヴゴロドでそれを毛皮に換えて、元手に利をつけて父に返せたのも、長兄エイリークが計らい、ユーリイたちが協力してくれたおかげだ。わたしは何もしていない。

わたしには何もない。

「当たり前だよ」傍らでそう声がした。

「商売は、あんたはやり始めたばかりなんだから、最初はまわりのやることを見習えばいいの」

傍らに立つヒルデグントにヘルガは目を向けた。冷たいのか温かいのかわからなかった。リューベックに女の商人はいる？　ヨハンに訊《き》いたら、市場で売り買いしたり近間を行商してまわる女はいるけれど、長い航海に出る女商人はいないと言った。女商人は、いる。

わたしは何もできない。……殺すことだけ、できた。勝てた、闘ったときだけ。切っ先が皮膚を破った感覚を思い出せない。抗《あらが》った肉が刃を締めつけたような気がするが、明確ではない。引き抜いては突き刺し抉《えぐ》っていたような気がして、そのさまが外から眺めたように泛《う》かぼうとするのを消す。アグネの眼を思い出してはいけない。アグネを殺戮《さつりく》と結びつけてはいけない。脳裏にあるもう一つの眼。

ムスチスラフ公の公子が、先にある〈時〉を睨みつける眼。その眼で、消す。
「ここにいたのか」ユーリイの声だ。マトヴェイと連れ立っていた。ヒルデグントはいない。わたしが自問自答していただけなのかもしれないと、ヘルガは思った。
そうして二人はヘルガを市の外れにひろがる白樺の林に伴った。散り積もった枯葉の山にヘルガは
仰のき身を投げ出す。金色の大地に直立した白く細い幹たちが　金色の空を支え　空気は冷たいのに
枯れた葉はぬくもりを持ち小さい死のなかにからだは半ば沈む　金色のあいだに鏤《ちりば》められた青に公子
の眼があって

みんな夢雪割草が咲いたのね
——三橋鷹女《みつはしたかじょ》——

†

スヴャトスラフ公の船団が南から川を下ってくるのに先立ち、大量の穀物が公からの賜《たまわ》り物として人々に配布された。糧道を断ち大飢饉に輪をかけて悲惨な目に遭わせた当人からの恩恵を、人々の大半は感涙とともに拝受した。
ようやく世情は落ち着いた。ミトロファンに案内され、ヒルデグントは橋を渡り対岸のスラヴェン

スキー区を訪れる。分厚い毛皮の外套《がいとう》を纏《まと》っていても烈風が噛みつく。それでも市《いち》は開かれていた。露店の間の空き地では、そこここに焚き火が燃えさかる。睫毛《まつげ》まで凍りそうだがまだ雪は降り出さない。

柵に囲われた広大な敷地を持つ館を指し、「〈ヤロスラフの館〉と呼ばれています。敷地内のこの広場で民会が開かれます」とミトロファンは言った。

「こんな吹《ふ》き曝《さら》しの場所でですか。冬になっても？」声が震えるのは腹の底に伝わる寒さのせいだ。

「冬でも、論議せねばならない事案が発することはあります。市長を始め貴族と富裕な市民が四百人は集まって、討議します。この柵の外側には一般の市民も集まり、議決権はないまでも関わりの深い議題だと派手に騒いで、時には議決にも影響を及ぼしますよ」

「決定はどのようにして？」

「挙手の数によって決めます」

「半々だと困りますね」

「まあ、そうですな」

「紛糾することも？」

「時には」

ミトロファンは足を速めた。その話題を避けているようだとヒルデグントは感じた。たぶん、かなりな騒ぎが起きるのだろう。

「公ひとりが独裁権を持つより、市民にとっては望ましい制度ですね」ヒルデグントは言った。「リューベックは新興の街でケルンのような参事会はまだ持たないのですが、ノヴゴロドのやりようは参考になります」

ミトロファンは大きくうなずき、さらに歩を進めてから、「これがゴート商館です」と木造の建物を示した。

「教会もあるのですね、カトリックの」

「あの教会の名に因《ちな》んで、商館は〈聖オラフの館〉と呼ばれています。今はすべて閉ざされています。聖オラフ教会の聖職者もゴットランドの商人と共に帰国しました」

ゴットランドの言葉を用いるミトロファンとリューベックの言葉で話すヒルデグントとの会話は、滑らかではない。互いに相手の言わんとすることを察しながらである。ヘルガとアグネを橋として利用する便利さを、ヒルデグントはいっそう強く感じる。

†

冬は果てしなく長く、夜は果てしなく長い。ヘルガはまなぶ。毛皮の質の良否を見分ける鑑識眼。これは商人にとってきわめて重要だ。ノヴゴロドの言葉を蠟板《ろうばん》に記す。リューベックでまなんだように。そうして読む。大きい数の足し引きをまなぶ。鋳造された貨幣をノヴゴロドは――ノヴゴロドに限らずルーシは――持たないけれど単位はあって、銀一グリヴナ＝二十ノガタ＝五十クナ＝百五十ヴエクシャ……と憶えなくてはならない。貂《てん》の毛皮《クナ》の束が通貨の替わりになる。栗鼠《りす》の毛皮の束はヴェクシャ。少額だ。

ノヴゴロドの者なら自《おの》ずと身につけていることを、一つ一つ丹念にまなぶ。ときたま、ヘルガが上《うわ》の空《そら》になっているのをマトヴェイは感じる。マトヴェイがそう感じるとき、ヘルガは海を思っている。何かと口実をつくってヘルガに近づこうとするステパンを、マトヴェイはそれとなく遮《さえぎ》ってやる。男の目がヘルガには疎《うと》ましいものであることに、マトヴェイは気づいている。マトヴェイの気遣いにヘルガは気づいていない。

ヘルガに与えられた場所は屋根裏の一隅である。内鍵のかかる部屋などないとヴァシリイに一蹴された。ユーリイの部屋の真上に当たる。階下の炉では白樺の薪《まき》が燃えさかる。煙出しが屋根裏を突き抜けているから、ほんのり暖かい。

獣脂蠟燭の弱い明かりのもとで、蠟板にヘルガが刻んだ文字に誤りがないかどうか目をとおしながら、マトヴェイは気づく。頰杖をついたヘルガの表情がおそろしく険しい。凝固した海がひび割れ、その底から思い出すことを決して許さなかった記憶が噴き上がり、ヘルガに摑《つか》みかかる。山羊になれ。エギルが命じる。四つん這《ば》いになれ。汚い、それまでヘルガが聞いたことがなかった汚い言葉を、エギルは吐き散らす。それらを全部押し込めて、なかったことにした。なかったことにして、アグネと走る。晴れやかな笑顔で牧草の繫った丘を走り降りる。どうしてあのとき、エギルに嚙みついてやらなかったのか。いや、あいつの肌が歯に触れる感触を思うだけで吐き気がする。なかったことにしたはずなのに、不意にあらわれる。そのたびに嫌悪が増す。あの嫌悪がわたしを狼にすると、ヘルガは思う。

「間違っているよ」

すぐ身近で声がして、ヘルガは途惑《とまど》う。一瞬、混乱する。

ヘルガは、死を思っていた。ゴットランドの言葉でdauði、リューベックの言葉でdot、ノヴゴロドの言葉でсмотре……

「死は一度しか経験できないからね」声は言う。「誰も本当の死を知らない」

そう口にしているのはマトヴェイだろうか。

「間違っているよ、綴りが」ノヴゴロドの「死」を指し、明瞭に、マトヴェイは言った。

どんな生であっても
不死の瞬間が
ほんのちょっとだけある。
死はいつだって
その一瞬だけ遅れてやってくる。
——「死について誇張せずに」
ヴィスワヴァ・シンボルスカ　沼野充義《みつよし》訳——

13

風がやわらかく髪を乱す。アグネの髪はなびいてヘルガのうなじに触れる。くすぐったいと、ヘルガは小さく笑う。

ノヴゴロドが大変な状況にあったことを、ユーリイが話す。時々俺に同意を求める。俺も少し口を挟む。

エイリークとカルルは熱心に聞き入る。

海を見下ろす丘の中腹に、六人は腰を下ろしている。

「そんな危ないところに、ほんとうにまた帰るつもりか」カルルが妹に言う。

ヘルガは頷く。「戦闘は遠いところでやっていたから、危険じゃなかった」

「リューベックの女商人、信頼できそうか」

「わからない」

同じ問いをエイリークがユーリイと俺を半々に見ながら投げる。

ユーリイは俺に目を向ける。俺はちょっと肩をすくめる。

「わからない」ユーリイは言った。

「あの女商人と一緒にリューベックに行くのか？」カルルがアグネに言う。

「行く」

「俺が一緒に行くのはどうかな」

「いらない」

「あのひと……」ヘルガが言う。「信頼できるかどうか、わからない。けれど……」

その後、アグネたちにはわからない言葉を、ヘルガは続けた。

ユーリイが笑い、俺も口もとがゆるむ。

「少なくとも、お人好しではない、とヘルガは言ったんだ」ユーリイが教えた。

「ノヴゴロドの言葉で？」

「そう」

「すごいね。もう、ノヴゴロドの言葉話せるんだ」

「そして少なくとも」アグネにわかる言葉でヘルガは続けた。「ヨハンの女房のような、薄っぺらな意地悪はしないと思うよ。寛大なやさしい人とは思えないけれど」

気弱な人がやさしい人に見えることもあるとアグネは思う。ヨハンがそういう人なんだ。

「利害損得があの女商人の行動の基準だ」ユーリイが言う。

「どうして、そうわかる？」エイリークが訊く。

右手はるかに見下ろせるヴィスビューの桟橋《さんばし》付近には、多様な土地から渡ってきた商人たちの天幕が散在し、図柄も色もとりどりの旗がひるがえる。去年より人数の増えたドイツ商人団の天幕もその中にある。

俺は思い出す。義父ソルゲルに返すことができないヘルガに、ユーリイは肩代わりすると言った。将来、儲けがでたら少しずつ返済すればいいよ。それに反対したのがヒルデグントであった。

ヒルデグントは、五区の大貴族やイヴァン商人団に加入している大商人などの邸宅をあちらこちら訪れて顔つなぎをしていたが、専ら滞在するのはリュジン区のヴァシリイ宅とネレフスキー区のミトロファンの住まいだった。市長の座がネレフスキー区の大貴族ザハリアに移っても、リュジン区のネジャタが有力な大貴族であることは変わらず、ヴァシリイが富商であることも以前同様だ。

商品の取引は、その場で現物を交換するべきだ。貸し借りはよくない。そうヒルデグントは言った。

でも、とユーリイは言い返した。あなたがまず、ソルゲルに、ヘルガに貸し付けるよう勧めたじゃないですか。

あれでわたしは大きい教訓を得たのだよ。先を見込んで貸し借りするのは危険だ。

少し考え込んでからユーリイは亡母の遺品を収めた櫃《ひつ》から豪奢《ごうしゃ》な髪飾りを取り出し、君に贈るとヘルガに渡そうとした。

母から俺が相続したものだから、俺がどのように用いようと勝手だ。

もらう理由がないとヘルガは拒んだ。

理由……。俺がヘルガを妹のように大切にするという誓いの証《あかし》だ。ヒルデグントもマトヴェイもいる前で、はっきり言う。俺は、ヘルガをとても好きだ。でも、からだで愛することはしない。俺は正教徒でヘルガはカトリックだ。そのことだけでも、結婚はできない。そしてヘルガには夫がいる。

俺もヘルガをからだで愛したくなる、と俺は思った。しかしヘルガを完全女奴隷《ローバ》に落とすことはできないから猛り立つ奔馬を辛うじて制御する。

ヘルガは蠟板に刻んでいた。死。ヘルガを支えうるのは誰か。現在の時点でもっともふさわしいのはユーリイだと、俺は思う。だが、ユーリイ自身が認めているように、からだで愛しあうことも結婚という形をとることもできない。正教とカトリックの間の絶対に越えられない深淵。この地で生きるには正教徒であるほうが楽ではあるけれど、それはヘルガを魂の根ごと引き抜いて移し植えることだ。正教もカトリックも祈る対象は同じであるのに、互いに忌み嫌い排斥しあう。もしヘルガが自ら望んで改宗しても、結婚は周囲が許さない。結婚相手は同じ身分の者に限られる。愛情？　そんなものは結婚していっしょに暮らしていれば生じるさ、というのが若い者に対する周囲の教えだ。優先するのは結婚による利だ。結婚できない相手とからだで愛しあった場合、ふしだらと責められるのは女だ。男は傷つかない。もっとも、高貴な身分の女が賤《いや》しい男を寵愛すれば、男はやがて殺されるだろうが。

そして俺はヘルガからこれを買い取る。ユーリイが言う。ヘルガはソルゲルに借りを返して、残りを次の元手にできる。

誓いの証を買い取るの？　証はないことになるの？

やりとりするユーリイとヘルガを、ヒルデグントは口を挟まず眺めていた。

綺麗だけれど、わたしはもらわない。身につけるより、作る人になりたいな。

職人は身分が低いんだよ。漂泊楽師《スコモローフ》よりはずっとましだけれど。お前は商人になりたいんだろ。

船に乗りたかった。知らないところを見たかった。

それだけだった、という言葉は誰にともない呟きのように聞こえた。さらに、ひび割れから思わず洩れた吐息のように、声にならない声が続いた。行きたかった。エギルのいないところに。

商人になるよ。ヘルガは続けてはっきり言ったのだった。わたしは大きな損失をした。とりあえず、それを埋めるために、ユーリイ、あんたから借りる。そして、少しずつになるけれど、きちんと返す。白樺樹皮を何枚かゆずってくれる？　その代金も、後になるけど払う。しっかり刻みつけておく。借りた額と、いつ、幾ら返したか。何年かかるかな。

天幕の中では、ヒルデグントと兄のオルデリヒが話を交わす。

「今年は間に合いませんが、来年は出航の時期を早め、商人団の人数をさらに増やし、その一部は、ノヴゴロドに行くヴィスビューの商人たちと同行すべきです。ノヴゴロドにあるゴート商館に滞在し、彼《か》の地の商人たちと直接取引する」

「危険はないのか」

「当分、落ち着きそうです。大飢饉がそう立て続けに起きることはないでしょう」

他の商人団員も二人のまわりに集まっている。

「ヴィスビューの商人たちは、我々がノヴゴロドに進出することを警戒するのではないか」懸念《けねん》を口にする者がいる。

「その警戒心を持たれないように、言動に注意してください。彼らに好感を持たれるよう」

帆は風を孕《はら》む。

†

「あの小娘に商いを仕込むのか」

リューベックに帰る船の甲板で、オルデリヒは少し離れたところにいるアグネを顎で示す。

「まず、リューベックの言葉を母国語同様に話せるようになることですね。そうして読み書きを学ばせます。アグネは使い勝手のいい子供ですよ」ヒルデグントはあけすけに言った。「確固とした自分が固まっていない。〈素直で真面目ないい子〉は、便利な道具になります」

「扱《こ》き使うのか」

「いいえ、可愛がってやりましょう。可愛がるのと甘やかすのは違います。いずれあの子が自ら進んでわたしたちに――ドイツ商人に――尽くすのを厭《いと》わなくなるように。それがあの子の喜びとなるように。強制されてではなく、自発的な感情とアグネ自身が錯覚するほどに」

ヘルガは駄目です、とヒルデグントは言った、「あの娘は、壊れた甕《かめ》です。どうにか継ぎあわせて形を保っているけれど、いつまでもつか」

「しかしノヴゴロドとの交易に、あの娘が役に立つと」

「ある時機までは」

「ある時機とは、いつ？」

「いつになるでしょうね」

十四になったアグネに、ヒルデグントは目を向ける。

二人のやりとりは、アグネの耳に届かない。

風が快い。来年……とアグネは思う。ゴットランドでまたヘルガに逢う。わたしはリューベックの言葉をいっぱい知って、ヘルガはノヴゴロドの……ノヴゴロドってどんなところなんだろう。リューベックって……。リューベックに着いたら、わたし、海に向かって大きな声で、ヘルガ！　って呼ぶね。風がきっとヘルガのところまで運ぶよ。ヘルガ、耳をすませて聴いてね。ヘルガも、風が南に向かって吹くときに、わたしの名前を呼んでね。マトヴェイとユーリイもいっしょに。いいえ、まず、ヘルガが一人で呼ぶの。それから三人で声を合わせて呼んでね。わたしの名前。わたし、聞こえるから。わたし、淋しくなくなるから。わたし、一人だけど、いっしょだから。風がゴットランドの上を吹くとき、エイリークとカルルの耳にも聞こえるかも知れないね。二人が、アグネ！　ヘルガ！　って呼ぶよね。風の中で、わたしたち六人、いっしょになる。わたし、一人じゃない。淋しくなんかない。淋しくなんか……淋しく……風は通りぬけてゆく。

神よ、と俺は蠟板に記す。すぐに削り取る。白樺樹皮に刻むべき言葉ではない。残すべきではない。俺は家畜だ。しかし家畜をも包み込む何か大きなもの……限界のない空のような。もの。存在。違う。「もの」「存在」には限界がある。あらわす言葉がないのだ。神。主教が説く「神」は、教会に多額の寄付をする者には赦《ゆる》しを与え、貧しい者を排する。路傍《ろぼう》に物乞いが増えた。先の戦闘で四肢の一部を失った貧しい者たちだ。主教が説く神の慈悲に彼らはあずかることができない。両軍とも出陣の前にそれぞれの主教から神の祝福を授けられているはずなのに。俺の口から洩れる「神よ」は吐息にひとしい。

†

秋に拾い集めた白樫《しらかし》の実を卓子《テーブル》の上に並べ、アグネはリューベックの言葉で数える。十二個まで数えたら、そのうちの十個を櫟《くぬぎ》の実一個に替える。小さい白樫の実は縦筋が幾つもあり、櫟の実は大きくてつるりとしているから、見分けるのは容易《たやす》い。団栗《どんぐり》をあさる放し飼いの豚たちと競って拾ったのだった。

一つから十二まで数の名前を唱えて、十三は十と三。櫟の実を一つと白樫の実を三つ。十四は十と四……。ゴットランドの数え方と同じだ。

リューベックの数の名をぶつぶつ口にしながら暗記していると、ヨハンの女房ヴァンダの声が耳に届く。

ヒルデグントに懇願している。これで二度目だ。この度は息子を連れてきている。七歳になるヤーコプは神妙な態度で母親の後に控えているが、ときどきアグネに視線を向け、小馬鹿にしたような苦笑を見せる。ずっと年上のくせに、今ごろ数え方をおぼえているのか。表情がそう告げる。

ヴァンダは最初にきたときと同じ話を繰り返しているらしい。アグネには細かいことまでは聞き取れないけれど、リューベックとヴィスビューを結ぶきっかけを作ったヨハンの功績をもっと認めてほしいと、再度訴えていることはわかる。

充分認めていると、ヒルデグントは応じる。

商人たちの間でヨハンを重んじてくれる者はだれ一人いない。商人の集まりでヨハンに意見を訊く者はいません。

この前ヴァンダがそうこぼしたとき、ヨハンが自分から発言しないからだとヒルデグントは言ったのだった。繰り返される愚痴にうんざりしたのか、今回は聞き流している。

「ゴットランドに赴く商人団にも、ヨハンは参加できませんでした」

「ヨハンは希望しなかった」

「遠慮したんです。足が不自由で動作が遅くなるから、皆の邪魔になるだろうって」

この女がヘルガにどんな仕打ちをしたかカルルから聞いているから、顔を見るのも嫌なのだけれど、「ヨハンはあのときは頑張ったよ」少しおぼえたリューベックの言葉にゴットランドの言葉もまじえて、アグネはつい口を挟んだ。「ほんと、ヨハンはよく粘った」

思いがけない応援にヴァンダはアグネをみつめ、混乱したような顔になった。この前、ヴァンダがきたとき、ゴットランドからきた商人見習いだとヒルデグントが引き合わせた。アグネはヴァンダを睨みつけた。ヨハンから名前ぐらいは、そしてヘルガと親しいことも、聞いていたのだろう、ヴァンダの顔つきは少し強張《こわば》りその後はアグネを無視したのだった。

数の名をリューベックの言葉で言う練習に、アグネは戻る。

「そうなんですよ」ヴァンダの声に弾《はず》みがつく。「ヨハンの命懸けの説得がなかったら」

「命を懸けたのはヘルガだよ」アグネはまた割り込んだ。

「そう。そうだけど」ヴァンダは少し狼狽《うろた》える。

「ヘルガは、ヨハンのために闘ったの。命懸けで。わたし見ていたんだから。ヘルガ、危なかったんだよ。やっと勝ったんだよ。それでヨハンはあんたのところに帰れたの。それなのに、あんたは」

怒鳴りだしたら止まらなくなった。自分じゃない声が喚《わめ》いているみたいだ。声に涙が混じる。

ヴォルフという声が聞こえた。ヴァンダが呟《つぶや》いたのだ。ヴォルフがゴットランドの言葉の狼だと、アグネは知っている。グンナルがリューベックで悪い噂を流したこともカルルから聞いた。頭の中で鐘が響く。アグネはこれまで誰とも正面切って喧嘩をしたことはなかった。

思わず立ち上がった。

詰め寄りかけたら、ヤーコプが大声で泣きだした。母親の胸に顔を埋め、指はアグネを指し、「恐い」と泣き喚く。

帰りなさいと言いかけ、ヒルデグントは少し間をおいた。そうして「兄と相談するよ」と続けた。未練がましく愚痴を繰り返しながらヴァンダは息子の手を引き、去った。ヴァンダのほうが小さい息子に縋《すが》りついているように、アグネには見えた。

炉のある広い部屋の隅に、アグネの粗末な寝床が置かれている。大小の団栗を入れた箱を枕元において横になる。オルデリヒとヒルデグントの話し合う声が耳に入る。

訪れた兄に、ヴァンダが息子を連れて文句を言いにきたことを、ヒルデグントが告げている。

アグネは眠る。

ヴィスビューは、オストゼーの交易には欠かせない拠点ですね。

そのとおりだ。実に重要な地点だ。多様な物品の集散をこの目で見て、惚れ惚れしたよ。あの港を我々の拠点の一つとせねばな。

そのためには、ドイツ商人の一部はあの地に定着する必要があると思うのです。

ヨハンの一家をあの地に？　それは無理だろう。

ヨハンやヴァンダでは無理です。あんな成り行きもありますから、土地の者とうまくいかないでしょう。ヴァンダはリューベックを離れ住むことを断固拒むでしょう。誰にしても、移住はまだ時期尚早ではあります。

やっと足掛かりを得たばかりだからな。

わたしたちのリューベックは、日毎に移住者が増えています。そう言って、ヒルデグントは寝入っているアグネに目を走らせた。わたしはヘルガぐらいの年だった。父さんと母さんに連れられてヴェストファーレンからここに移ってきたとき……。

誘われてオルデリヒも追憶を口にしかけたが、ヒルデグントはすぐに現実の問題に戻った。リューベックはじきに、人が溢れるようになるでしょう。商人の中に、自分から進んでヴィスビューに定住し交易の中心を担いたいと思う者たちがあらわれるよう、オルデリヒ、わたしたちがその気運をつくりましょう。

自分から進んで。これが重要だな。押しつけたら反撥する。自分の意志で、と思わせるように。そう言ってオルデリヒは微笑した。お前の俺に対する態度も、そうだよ。お前と話していると、俺自身が思いついたような気になる。

ヒルデグントも笑いだした。オルデリヒ、あなたが賢い人だということはよく承知していますよ。わたしが口にする考えは、あなたのほうが先に思いついているんです。子供の時から、そうでしたよ。

具体的に考えを進めよう。俺もそうだが、お前ももちろん、自分が移住するつもりはない。そのとおりです。わたしたちはリューベックに根を張りましょう。リューベックが、いわば母体です。

ノヴゴロドとの交易は実に旨味がありそうだが、お前から聞いたところでは大変な難路だな。お前の言いたいことはわかっている、と機嫌よくオルデリヒは笑った。難路をものともせず交易路を切り拓くのが、我々ザクセン商人だ。

ヒルデグントは笑顔を返した。いずれノヴゴロドの商人はヴィスビューまで出向く必要がなくなるでしょう。

14

誰《だあれ》が風を見たでせう？
僕もあなたも見やしない、
けれど木《き》の葉を顫《ふる》はせて
風は通りぬけてゆく。

——「風」クリスティナ・ジョージナ・ロセティ　西條八十訳——

15

前庭に呼び入れた漂泊楽師《スコモローフ》たちが 琴《グースリ》を奏《かな》でる。取り囲んだ者たちが手拍子を打つ。輪を作るその中で、男も女も入り混じって踊る。

俺は楽師たちと一緒にグースリを奏でる。陽気な曲だけれど、ほんの少し哀愁がひそむ。

手拍子を打つ者たち、踊る者たちは、下僕や下女——その半ばは完全奴隷《ホロープ》と完全女奴隷《ロローバ》——だから服装は貧しいけれど一応晴れ着だ。髪に花輪を飾った娘が一人目立つ。娘と腕を組んで足を高々とあげるのは、その結婚相手でヴァシリイのホロープの一人イリヤだ。娘ニーナは貧しい農家の子で——身分は低いけれど自由民だ。農奴ではない——作物を市場に売りにきていて、惚れあった。

ニーナがイリヤと結婚しても、ヴァシリイはローバをひとり増やすことにはならない。

公と貴族以外の者は、教会の儀式によらず、大昔からの慣わし——楽器と踊りと手拍子——で結ばれることができる。主教の祝福は受けられないけれど、教会がこんなに力を持つ前は、だれもがこうやって、まわりから結婚を認められていた。今だって禁じられてはいないが、「結婚した」とは言われず「捕らえた」という言い方をされる。富裕層はもとより大半の市民は教会から排されたら暮らしていけないから必ず教会で行うが、ニーナもイリヤも「捕らえた」で満足している。

スヴャトスラフが公位に就いてから今年で六年。珍しく長期だ。市長ザハリアは栄え、ミトロファンもイヴァン商人団の長の地位を他にゆずることはない。

長く権力の座にいる者は、その力を利用してますます地位を確固たるものにする。そうして、おのずと奢《おご》り高ぶる。スヴャトスラフ公は民会の意を問わずに独断で専行し、市長ザハリアも高圧的な振る舞いが多くなった……そうだ。俺が知るのは、ヴァシリイが息子に語る言葉や、市場で耳にする噂――如何にも事実らしく断定的に語られる――などから得たものだ。聖ペテロの日でもないのに、どこそこの村に代官を送って勝手に馬泥棒の裁判をやった。その代官というのが、市長の甥っ子だ。あちこちでしょっちゅう、やっている。その度に手数料をふんだくる。公と市長がつるんでやりたい放題だ。「主に虐待されたと下僕が代官に直訴《じきそ》して勝訴した。けしからん」と、これはヴァシリイが憤慨してユーリイに言ったのだ。「代官にそんな権限はない」下層民と公が直結したら厄介だ。公が土着して公位を世襲するようになることも、ノヴゴロドは極度に警戒している。

トルジョークでも問題が起きている。トルジョークはスズダリ公国と境を接する地帯で、小さい城塞もある。公は国境地域の行政を委託され、その実施はノヴゴロド人の下僚が行う、となっているけれど、下僚が市長ザハリアの甥だ。越権行為が甚《はなは》だしいという。市長も公も、それにより利を得ている。公自らトルジョークに出向いて軍事訓練を行っているそうだ。隣国スズダリを刺激する行為だ。スズダリは対抗し、これも国境ぎりぎりの地であるトヴェリのあたりで、あの公子が練兵を行っていると聞く。森と沼沢地《しょうたくち》の多いトヴェリだが、交易の小さい拠点があるので旅をする商人たちから情報が伝わる。

誰がどうであろうと、奴隷の境遇に変化はない。

踊る人々の中に、ユーリイとヘルガもいる。腕を組んで廻る。

ヴァシリイがここにいれば息子の同席を許さないだろうが、幸い留守だ。ネジャタ殿の館に参じている。ヴァシリイはユーリイの妻に貴族の娘を迎えたいと目論《もくろ》み、適当な年齢の娘を持った商人たちからも縁を結びたいと申し出があり、ユーリイはうんざりしている。

男のからだが求めるものを、代価を受け取って満たす女は珍しくない。ユーリイも俺も欲望はそこに吐き出す。女たちのからだは少しも悦びをおぼえなくなっている。買う男は何の批難も受けないが、売る女は誰からも蔑まれる。買った男からさえ。

積荷をほぼ終え出航を明日に控え、ヘルガとアグネは通訳の仕事から解放されている。

ヴァシリイのもとにいるヘルガはノヴゴロドの言葉をほとんど解するようになった。毎年ドイツ商人団とともにノヴゴロドを訪れるアグネはリューベックの言葉を母語に近い滑らかさで話す。言葉の架け橋は、どちらの商人からも重宝がられてはいるが、酷使されているようにも俺の目には映る。

俺の目は、つい、ゆたかになったヘルガの胸、服の上からでもわかるヘルガの腰の動きを追う。

俺の隣で手拍子を打っていたアグネが、上気した顔で、ねえ、というように俺を見る。グースリを他の者に渡し、アグネの手をとって立ち上がる。踊る者たちの中に加わる。アグネの手の感触が快い。ヘルガと初めて会ったとき、十五歳のヘルガにくらべて十二歳のアグネはほんの子供であった。いま、二十二歳のヘルガと十九歳のアグネは、背丈も体つきもほとんど変わらない。自分の容姿が大人びたことにアグネは気がついていないようだ。

踊りながら、相手を変える。俺はヘルガと、アグネはユーリイと腕を組む。みんな次々に相手を変えて踊る。イリヤはニーナの手を誰にも渡さない。

ノヴゴロドを訪れるドイツ商人団は、年々人数を増しつつある。それにつれ、ノヴゴロドからゴットランドに向かう商人が減少の傾向にある。

聖イヴァン教会を守護教会とするイヴァン商人団は、本来、蜜蠟《みつろう》商人の集まりだ。近隣の国々から蜜蠟をノヴゴロドに運び込む商人は、イヴァン商人団に税を納める。蠟に限らず、蜜酒や銀、織布などの度量衡を管理する権利を商人団は持っている。ヴォルホフ河畔に建つ聖イヴァン教会の敷地内に碇泊する各地の商船から碇泊《ていはく》税を徴収する権限も、教会から与えられている。たいそう旨味があるが簡単に入会できるわけではない。入会金が五十グリヴナだ。人数の制限があるし身元の確かさも必要なので、世襲が多くなる。

危険をおかして遠隔の地まで行かずとも、あの難路の往復をドイツ商人団がやってくれるのは、ノヴゴロドの商人にとっては好ましい。彼らが運び入れる商品は多彩であり、ことに塩と琥珀《こはく》が豊富だ。塩の一大産地の採取権をリューベックは握っているのだそうだ。ヴィスビューで手に入れた干鱈《ひだら》や塩漬け鰊《にしん》の樽もゴットランドの商人より多い。

荷を積んだリューベックからの商船群はいったんヴィスビューに寄港し、新たな商品を大量に仕入れ、その一部がゴットランドの商人たちとともにノヴゴロドを訪れ、スラヴェンスキー区のゴート商館に滞在する。バルト海を航行するにはドイツ商人の船のほうが積載量も多く性能が優れているので、ゴットランドの商人が便乗するやり方になった。交易の主導権がリューベックを主体とするドイツ商人団に移り、ゴットランド人の影は薄くなりつつある。

団長はその都度変わり、選ばれるのは男性だが、ヒルデグントは常にアグネを伴って同行する。

今年はオルデリヒが統率者として訪れた。アグネがヘルガに語ったところでは、オルデリヒとヒルデグントはスラヴェンスキー区の市場の傍《そば》にドイツ商人団のための教会を建造する心積もりで、他の商人たちの賛同も得ているという。ゴート商館はすでに、増えた商人たちの収容、増えた商い物の保管に充分な広さではなくなってきている。いずれ新築の教会を中心にドイツ商人だけのための商館を開設したいと彼らは思っている。

ゴットランドの農民はヴィスビューの商人たちによって排除され、そのヴィスビューの商人たちはドイツ商人たちによって排除されようとしている。

ふたたび、アグネと手を取りあう。

このままじわじわとドイツ商人が増え続ければ、自分たちが架けた橋がゴットランド人の衰亡に手を貸すことになるのだと、ヘルガとアグネはいつ気づくか……。俺は口にすまい。先のことはわからない。ゴットランド人とドイツ商人が共存して栄えることだって、あるかもしれない。ある、と思いたい。

ヴァシリイもゴットランドまで出向かなくなった。ユーリイもとどまっている。したがってヘルガも故郷の島に戻ることはない。戻らないのは、ヘルガにとって多分いいことなんだよ、とアグネが俺たちに話した。エイリークとカルルからゴットランドでの実情を聞いたのだという。形だけの妻がいるので結婚できないエギルのために、ギースリが発案した。ヘルガにはフェンリルが取り憑いているという風評を蒸し返している。定着させ、司祭の協力を得て異教の妖獣との結婚は無効とさせる魂胆だ。「カルルが言ったんだけど、わたしの父さん、教会にたくさん寄付をしたって」そう語ったとき、アグネは、俺がこれまで見たことのない表情になった。「まだ、司祭さまのお許しが出ていないけれど、じきに寄付の効き目があらわれそうだって。近いうちに、ヘルガ、あんた、結婚していないことになるんだと思う」アグネはつけ加え、「でもそれは、ヘルガがフェンリルだって認めることだよね」そう呟いて、深い吐息をついた。ヘルガはアグネの肩に手をかけた。二人だけだったら――ユーリイと俺がその場にいなかったら――二人とも激しい感情を剝き出しにしたかもしれないが、アグネは父や兄や教会への嫌悪を口にはせず、くちびるのはしを引きつらせ、瞼《まぶた》に涙をにじませただけだった。

二人の無言の声を俺は聴いた。汚いんだよ、誰も彼も。

嫌なことは胸の底に押し込めたように、楽しそうに、アグネは踊る。ヘルガも踊る。

ノヴゴロドは、ノヴゴロドに有利でさえあれば相手がどっちであろうと構わないのだと、俺は足を蹴り上げながら思う。そして自嘲する。家畜が何を考えたって……いや、牛馬に等しい奴隷でも値《あたい》はある。他家の奴隷を無断で連れ去った者に科せられる罰金は十二グリヴナ。馬を盗んだら二グリヴナから三グリヴナだから、俺は馬四頭乃至《ないし》は六頭の値打ちがあるわけだ。銀を受け取るのは当然ながらヴァシリイだ。

思わず苦笑し、アグネが怪訝《けげん》そうな目を向けた。

数曲奏《かな》で終えた楽師たちが手を休め、礼金を求める。踊り疲れて地べたに腰を下ろし、息をはずませながら、みんな笑い声をたてている。相場より多めの額をユーリイが楽師に渡す。

ステパンが顔を見せた。

「おい、静かにし」ろと言いかけ、奏楽も踊りも終わっているので、間の悪い顔になった。「師匠がさ、うるさいから止めさせろって……。俺はちっともうるさいなんて思わなくて、それどころか一緒に踊りたかったんだけど、うちの師匠、ほら、がみがみ屋だからさ」弁解しながら、ヘルガとアグネにそれとなく目を向ける。夏ごとに訪れるアグネとは顔なじみだ。体つきの変化に、ステパンは俺より敏感にあからさまに反応する。二人の娘の視線に射すくめられて、照れ笑いでごまかす。

「静かにさせたと、師匠に報告しな。褒められる」俺は言う。

†

波のうねりのままに左右に揺れる船尾楼で、アグネは腹這《はらば》いになり、両足の先を積荷の間に突っ込んで躰が転げないようにし、白樺樹皮《ベリヨースタ》に字を刻む。樹皮も尖筆《せんぴつ》もヘルガから渡されたものだ。

「何を書いている?」床に腰を下ろしたヒルデグントが覗きこむ。

море　morie　haf　see
корабль　karabl　skip　schip

「海《ゼー》と船《シプ》はわかる。ほかのは?」

「море はノヴゴロドの言葉。morie はその読み方。この二つはヘルガが刻んだの。ヘルガに意味を聞いて、ゴットランドの言葉とリューベックの言葉をわたしが刻んだ。他のもそういう順序」

「ずらずら沢山並んでいるね」

「ヘルガが思いつくままにノヴゴロドの言葉とその読み方を刻んで、わたしはそれのゴットランドの言葉を刻んで。後のほう、リューベックの言葉の分が空いてるでしょ。忙しかったから、わたしが後でゆっくり刻むことにしたの。来年会ったときにヘルガに渡す。そしてわたしは別にゴットランドの言葉とリューベックの言葉をたくさん記しておいて、ノヴゴロドの言葉と読み方をヘルガに刻んでもらうの。二人でどっちの言葉もわかるようになる」

「それは便利な橋だね。あんたとヘルガ、どっちが考えたの？」

「どっちって……二人で喋っているときに、なんとなく」

「アグネ、リューベックに帰ったら、あんたに羊皮紙を買ってあげよう」

「羊皮紙！　高いよ」

「樹の皮より耐久力があるし、書くのに力が要らないから楽だ。羊皮紙には、別の順序で書くようにおし。ザクセンの言葉をまず、お書き。Aで始まる言葉、Bで始まる言葉、Cで始まる言葉、それぞれ一枚ずつにまとめて。次にヘルガに会ったとき、意味を伝えて、ノヴゴロドの言葉と読み方を書かせて。ゴットランドの言葉は要らない」

「え？」

「リューベックの商人が必ず欲しがる。かってに写し書きをすることは許さない。わたしのところで販売する羊皮紙のみに写させる。その羊皮紙には一枚一枚、印《しるし》をつける。簡単に模倣できないような。

その代価は、羊皮紙代だけではない、アグネ、あんたの手間賃とわたしの利益を含める。かなり高額になるけれど、それだけの価値はある」

滔々《とうとう》と計画を述べるヒルデグントの口もとを、アグネは呆気にとられて見つめる。

「印のない羊皮紙に写し書きをした者は、裁判にかけてでも罰金をとる。正規の値段の倍、三倍……五倍にしてもいい。商人団の会議にかけて正式に規約を定めよう」

「ヘルガの取り分は？　ヘルガがいなくては、これ、できないんだよ」

ヒルデグントは虚を衝《つ》かれた顔になった。「そうだね。ヘルガの分も考えよう」

船が大きく揺れ、ヒルデグントは端のほうに転がった。

「他の者にはまだ言うんじゃないよ」立ち直り、ヒルデグントはくちびるの前に指を立てた。

「兄と相談してから公表する」

「何を相談するのだ」入ってきたオルデリヒが言った。

「橋を頑強にする事案です」

アグネは少し不安になる。ヘルガと二人だけの楽しい言葉遊びが、なんだか勝手に大きくなりそうだ。

白樺の樹皮に刻まれたヘルガの手跡に、アグネは目を落とす。

16

白樺の林は黄ばみはじめた。立ち枯れた老樹の根方に屈《かが》み、みつけた茸《きのこ》を手籠《てかご》に入れるヘルガの肩掛けに、枯葉が舞い落ちる。立ち上がっても毛織りの布地に落葉は絡まっている。ユーリイが手を伸ばし、払ってやる。快い秋は短い。陽が落ちた後は炉に薪《まき》をくべねば凌《しの》げないほどに冷える。じきに一日中火が必要になるだろう。

俺の籠にも茸が溜まる。ユーリイとヘルガは一つの籠の両側についた把手《とって》をそれぞれ持つ。子供にふさわしい図だが、二人のあいだを隔てる籠が必要だ。夏が終わり、アグネとドイツ商人団を乗せた船がヴォルホフ川を下って視野から消え、橋に立って見送るヘルガの肩にユーリイが手をかけていたあのときが、俺の眼裏《まなうら》に顕《た》つ。風が静まり、川面《かわも》は鏡になったのだった。ユーリイの手に力がこもり、ヘルガを抱き寄せた。俺は水を見つめ続けた。髪に触れたユーリイのくちびるが頬にうつり、くちびるの際《きわ》までできたとき、俺は躓《つまず》いたふりをして大きい音をたてた。ユーリイの腕から一瞬力が抜け、ヘルガは身を離した。ユーリイのくちびるの動きにつれてヘルガの表情が次第に変わるのを、俺は見たのだった。

くちびるが割られる寸前に、俺がヘルガの眼に見たのは深い悲哀であった。ギースリとの夜がなかったら、と俺は思うが、憶測に過ぎない。

ヴァシリイの家において、ヘルガの立場は奇妙なものだ。ユーリイの妻でもないし、召使いでもない。使用人たちの間では、ユーリイが手をつけた娘だが異端のカトリック教徒だから正式に結婚できないのだ、というのが暗黙の了解事項になっている。俺に直接言う奴がいればきっぱり否定してやるのだが、そういう機会はない。ヴァシリイは息子に思いっきり軽蔑の表情を見せられたことがあり、その後ヘルガに手を出すのは一応止めている。

ドイツ商人団と交渉するとき欠かせない便利な存在だという認識は、ヴァシリイも持っている。その代わり、商用のあるとき以外はヘルガが目の前に存在しないように振る舞うことにしたようだ。

家に帰ると、仁王立ちになったヴァシリイが怒鳴りつけた。

「茸採りは下男や下女の仕事だ！」

ユーリイとヘルガを繋ぐ籠を引ったくって、床に叩きつけた。

「父さん、落ち着け」

部屋の隅に積まれた毛皮に目をやり、「これからやるよ」ユーリイは宥《なだ》めた。質の吟味だ。俺は床に散った茸を手籠に戻す。ヘルガが手を貸す。

「今日、民会があるのを忘れたのか。出かけるぞ。お前もさっさと身支度をしろ」

怒鳴る声が聞こえたか、下男頭がきて、茸を残らず籠に拾い集め厨《くりや》に持ち去った。

「先に行っていて。すぐに追いつく」

「決を採るまでに、必ずこい。挙手は一人でも多いほうがいいのだ」

昂《たかぶ》ったヴァシリイが出て行くと、ユーリイは椅子に腰を下ろし大きく伸びをした。

†

場所
〈ヤロスラフの館《やかた》〉の柵で囲われた広場。
上手《かみて》に〈館〉の建物の入り口部分。内部の断面が客席から一部見える。

民会が開かれている。

広場にいる人物
ネレフスキー区
ザハリア（大貴族。現市長）
イヴァンコ（その息子）
ネレヴィン（大貴族）
ザヴィド（その息子）
ガヴリル（同）
ミトロファン

リュジン区
ネジャタ（大貴族。前市長）
ヤクン（大貴族）

ミハルコ（大貴族）
ジロスラフ（大貴族）
ヴァシリイ
ユーリイ

スラヴェンスキー区
大貴族1
プロトニツキー区
大貴族2
ザゴロツキー区
大貴族3

その他、五区それぞれの大貴族小貴族、富裕な市民ら多数。

広場を囲む柵外には、民会に参加する資格のない野次馬たちがいる。男が多いが女も混じる。
その中には、ヘルガ、マトヴェイもいる。二人は下手《しもて》、袖近くに立つ。柵を隔てて内側にユーリイ。
ヴァシリイは中央近くにいる。

ヘルガの隣に、十五、六の少年に見える暗殺者が立つ。粗末な身なり。膝丈《ひざたけ》ほどの上着。くるぶしに届かないズボン。農民風の帽子。腰帯の左に短剣の柄がわずかにのぞく。

リュジン区の大貴族ネジャタが台上に立ち、羊皮紙に記された詰問状を読み上げている最中。ネレフスキー区の人々の怒号に消され、聴きとりにくい。

ネジャタ「(一段と声を高め)スヴャトスラフ公の行政地トルジョークにおいてこれらの悪行《あくぎょう》を重ねた代官ボニャクは、現市長ザハリア殿の甥である。被害を受けた者の訴えは、公と現市長によって、悉《ことごと》く却下あるいは無視されてきた。先に述べた、公が権限外の地に勝手に関を設け税を徴収している重大な契約違反とあわせ、我々は強く糾弾し、公の退位と市長の交替を求める。

柵内の広場で、おう、と気勢を上げるのは、リュジン区の人々である。

大貴族1「(威厳のある態度で)冷静に。冷静に討議しようではないか。ザハリア殿の答弁を聞こう。

ザハリア「その訴状に書かれたことは、すべて嘘っぱちだ。そういう事実はない。

私を陥《おとしい》れようとする輩《やから》が村の者たちを買収して、でっち上げたのだ。

イヴァンコ「そうだ。父を貶《おとし》めるために仕組まれた陰謀だ。

ネジャタ「ザハリア殿の甥御《おいご》であり、公の行政地の代官であるボニャクは、行方をくらましておる。後ろ暗いところがなければ、この民会において堂々と身の証《あかし》をたてればよい。ザハリア殿、ボニャクの居場所をご存じかな。

ザハリア「私が知るわけがなかろう。

ヤクン「(独り言めかした大声)だれぞの館に匿《かくま》われておるとか。

ザハリア「(聞き流して)仮にボニャクが悪事を働いたとしても、公も私も責めを負うことはない。ボニャクひとりに贖罪《しょくざい》をさせればよい。

ネジャタ「ザハリア市長に訴えたが握りつぶされたと、私に善処を頼み込んでくる者が多い。私は配下に命じ念入りに調べさせた。


暗殺者、わずかに首を振る。

ネジャタ「その結果を記したのが、今読み上げた詰問状である。証拠は歴然としておるが、公の代官を罷免《ひめん》する権限を私は持たぬ。私が市長となり、信頼のおける公を戴《いただ》けば、正義に基づく政治が行われる。

ネジャタを台から引きずり落とそうとするネレフスキー区の人々。現市長ザハリアの息子イヴァンコとネレフスキー区の大貴族ネレヴィンの息子たちザヴィドとガヴリルも混じる。リュジン区の大貴族ヤクンとミハルコ、ジロスラフおよび同区の人々が止めにかかる。

ネジャタ「決を採ろう。市長の交替、公の退位に賛成する方々《かたがた》は挙手を。

挙手しようとする者、阻止しようとする者が入り乱れる。イヴァンコとザヴィド、ガヴリルは、挙手する者の腕を掴《つか》み、手を下ろさせようとして取っ組み合いになる。

ネジャタは台から下ろされる。

とても採決できる状態ではないが、賛成する者のほうが人数は多そうだ。柵の外の者たちも、昂奮《こうふん》して声をあげ、拳を突き上げる。

大貴族1「静粛に!　静粛に!

私は提案する。

挙手で判断するのは困難なようだ。

これまでも、しばしば大混乱をきたしていた。
かかる事態において如何《いか》にすべきか、私は考えた。
新しい方法で、公正な決着をつけよう。

大貴族2と大貴族3が、それぞれ壺を持ち、大貴族1の両側に立つ。

大貴族1「（裁断された白樺樹皮《ベリョースタ》の束を掲げる）これを諸君に配布する。
市長の交替、スヴャトスラフ公の退位に
大貴族2「（壺を掲げ）賛成する者はこれに。
大貴族3「（壺を掲げ）反対する者はこれに。
大貴族1「投じてもらいたい。
開票と数の確認は、こちらに五区から一人ずつ五人、こちらも五区から一人ずつ五人、計十名が
立ち会って点検する。
ザハリア「反対する！
市長である私が同意しておらぬのに、強行するのか。
ネレヴィン「私も反対する！
リュジン区は前もって他の区に手をまわしたのだな。
イヴァンコ「汚い手を使う奴らだ。

ネレヴィン「方々、冷静に考慮してほしい。
こんな陰謀を企む者たちが、正しい政治を行うと思うか。

柵の内外で、喧噪と怒号高まる。

ミハルコ「賛否の人数が明確にわかる投票を、ネレフスキー区は拒むのだな。
ヤクン「敗北が必至だからだ。（せせら笑う）
大貴族1「これが、もっとも明瞭に市民の意を反映させる方法だ。
大貴族2「賛成票はこれに。（壺を掲げる）
大貴族3「反対票はこれに。（壺を掲げる）
大貴族1「さあ、これを配ろう。
手を貸してくれ。

ずかずか歩み寄ったネレヴィンが、樹皮の束を奪い取り、地に叩きつけ、踏みにじる。イヴァンコ、ザヴィド、ガヴリルらも加わる。

ヤクン「何をする！
ミハルコ「若造どもが！

殴りつけようとする。
リュジン区の人々が駆け寄る。
同時にネレフスキー区の人々も走り寄り、たちまち大乱闘になる。
壺は踏み割られる。
ネジャタもザハリアも渦の中にいる。
富裕市民たちも闘争。
台上から相手の上に飛びかかろうとする者。阻止する者。
ユーリイは柵を乗り越え、マトヴェイとヘルガの傍《そば》に行こうとする。
柵は根元がゆるんでいると見え、がたつく。
その服の背をヴァシリイが摑む。

ヴァシリイ「(息を切らせながら) 馬鹿者!
区のために闘え!
暗殺者「そうだ!
闘え!

大きい身振りで柵の中を指さす。

柵を揺り動かす。
柵の外の群れは熱狂し、闘え！　と喚《わめ》きながら柵を倒す。

ザヴィド「ネレフスキー区の者たち、手を貸せ！
リュジン区の人々（口々に喚く）
「ネジャタ様が殴られたぞ！
「ネレフスキー区の奴らを許すな！
「ぶちのめせ！
ネレフスキー区の人々（口々に）
「リュジン区の奴らが押し入るぞ！
「叩き潰せ！

声、入り混じる。

柵を押し倒し雪崩《なだ》れ込む人々に、ユーリイもマトヴェイも巻き込まれる。
ヘルガは辛うじて逃れる。

乱闘。

中心の位置にいるザハリアの周囲にも人々が犇《ひし》めく。
正面を向いて立つザハリア、不意に驚いた顔になる。
前のめりに倒れる。
その背に、短剣が深く突き刺さっている。
まわりの者、一瞬声も出ず、棒立ちになる。
離れている者たちは様子がわからず、殴り合いを続ける。

ネレヴィン「医者を！
ここに医者はおらんのか。
ザヴィド「ザハリア様が刺された！
医者を！（呼ばわりながら、うろたえて短剣を引き抜く。血があふれ流れる。噴出しないのはすでに息絶えているからだ）
イヴァンコ「医者を！
父を救え！（傷口に布を押し当てるなど、必死）
離れた者たちの耳にも届き、皆、走り寄る。

その間に暗殺者は館の建物内に入って行く。

倒れた柵の外にいるヘルガがそれを見つめる。

医者が進み出て、他の者の手を借りてザハリアを仰向けにさせ、鼻腔《びこう》の前に薄い布きれをかざし、呼吸の有無《うむ》を確認する。

医者「(重々しく首を振る)

館の中で暗殺者、外の様子に気を配りながら、腰帯を解《と》く。上着の腰回りを粗く縫い綴じた糸を引き抜くと、内側にたくし込んであった部分が長く伸び、裾がくるぶしまで届く女の服になり、ズボンをかくす。腰帯を巻きなおし、帽子を襟ぐりから服の中に突っ込む。三つ組みに編んだ長い髪が背に垂れる。

建物から出て、柵の外——上手側客席通路——に下りていく。

誰も気づかないが、ヘルガだけが見つめている。

ヘルガ、下手側客席通路に下りる。

それぞれ通路を行く二人。


医者「市長ザハリア様は、神に召されました。

暗殺者、小走りになる。
ヘルガも足を速める。
暗黒に消える。

イヴァンコ「(台上に立ち) 父を殺害した極悪人は、必ず引っ捕らえる。(ザヴィドの手から父を刺した短剣を取ってかかげ) 両眼を刳《く》り抜き、両手を断ち切り、舌を引き裂き、縛り首にする。

宣言している間に照明しずかに落ち、暗黒。

舞台前面だけにライト。背後は暗黒。
上手から暗殺者。
下手からヘルガ。
ヘルガ、暗殺者の行く手を遮《さえぎ》る。
暗殺者、ぎくっと立ち止まるが、通り過ぎようとする。

ヘルガ「待って。
暗殺者「……

ヘルガ「わたしは、人を殺したことがある。

暗殺者「(一瞬、何を言われたのかわからず、それから、ぎょっとしてヘルガをみつめる)

ヘルガ「わたしが殺したのは、人ではなかった。

敵。

敵は、わたしを人とは思っていなかった。

わたしも敵を人とは思わない。


暗殺者、青ざめ慄《ふる》え出す。

歩きかけて膝をつきそうになる。ヘルガ、抱き留める。


ヘルガ「わたしの傍に立ったときから、わたしは感じていた。

静かに立っていた。造り物のように、静かに。

(間)

身なりを変えても、沓《くつ》でわかった。

藁で編んだその沓。

街の者は履《は》かない。


暗殺者、突然渾身《こんしん》の力でヘルガを突き放し、下手に走り去る。

ヘルガは転がる。
半身起き直り、暗殺者が去った方をみつめる。
溶暗。

（間）

中央にスポット。
布告官が立ち、書状を読み上げる。

布告官「ザハリア市長暗殺の罪により、チェレンシチ村のタマーラを絞首刑に処す。

スポット消え、暗黒。
絞首台の床が落ちる音。
さまざまな声ががやがやと交錯する。
声、低くなる。

やや下手寄りにスポット。
ヘルガ。うずくまっている。

ヘルガ「(顔を上げる)
わたしだった。
あれは。
わたしは、殺す。
敵を、殺す。
(立ち上がる)
敵は、殺す。
敵は、わたしを人と思わない。
わたしは、敵を人と

低くざわめいていた声が大きくなり、「思わない」というヘルガの声は消される。スポット、消える。

暗黒。

声「娘を唆《そそのか》したのは、リュジン区の貴族だ。
声「娘がそう自白した。
声「でたらめだ。
声「娘は親を代官ボニャクに殺されたのだ。

声「娘は仇を討ったのだ。
声「リュジン区の貴族が唆した。
　ボニャクを匿《かくま》うザハリアを討てと。
声「根もない噂に惑わされるな。
声「誇り高き我々が、暗殺者など使うか。
声「俺は刑場で見たぞ。
　娘の口は焼け爛《ただ》れていた。
声「刑場で見物人に事実を訴えないよう、娘の口を焼いたのだ。
声「違う！
　口を焼かせたのは、ザハリアの息子だ。
　イヴァンコだ。
声「そうだ。
　イヴァンコが命じたのだ。
声「でたらめを言うな。
声「イヴァンコは喚いていたじゃないか。
声「両眼を刳り抜き、両手を断ち切り、舌を引き裂き、縛り首にする。
　イヴァンコはそう言ったぞ。
声「違う！

リュジン区の貴族がザハリア様を暗殺させたのだ。
声「ネジャタが暗殺させた。
声「ネジャタが、邪魔なザハリア様を殺せと命じたのだ。
そして真相を隠すために暗殺者の口を焼いた。
声「でたらめを言うな。
声「落ち着け！
みんな、冷静になれ。
声「市長ザハリア様の仇を取るぞ！
声「吊されたのは替え玉だ。
何も知らない村娘を、身替わりに処刑した。
真の暗殺者はリュジン区に匿われている。
声「暗殺者は男だった。
近くにいた者が見ている。
声「妄言《もうげん》に騙されるな。
声「みんな、頭を冷やせ。
声「ネレフスキー区の市民よ、仕返しだ。
武器を取れ！
声「リュジン区の市民よ、謂《いわ》れない誹謗《ひぼう》に屈するな。

声「我らの街を奴らに蹂躙《じゅうりん》させるな。
武器を取れ！

喚声高まる。

大勢の声「武器を取れ！

一瞬、舞台、赫《か》っと赤くなり、武器をかざし気勢を上げる人々の姿、黒々と。

幕

市民達よ、武器を取れ。「理性」がこの世から失われたのだ。
――「最後の詩　Ⅵ　簡単な臨終」ジュウル・ラフォルグ　吉田健一訳――

17

冬には、沈黙は眼で見うるものとなってそこにある。雪は沈黙なのである。可視的となった沈黙なのだ。

天と地のあいだの空間は雪によって占められていて、天と地とはいまや雪を孕《はら》んだ沈黙の縁《へり》にすぎない。

雪片は空中で出会い、一緒になって地上に落ちる。その地上も、静寂《しじま》のなかですでに白い。かくて、沈黙が沈黙に出会うのである。

――『沈黙の世界』マックス・ピカート　佐野利勝訳――

†

街路に敷き詰められた半割丸太は血を吸いこみ、ところどころどす黒い。降り積もった雪は擾乱《じょうらん》の痕跡を隠す。が、ヘルガの眦《まなじり》からくちびるの際《きわ》に流れるひと筋の細い水流のような傷痕は、消えない。皮膚が引き攣《つ》れるのだろう、表情が動くとき口の端が少し歪む。

ユーリイと俺は炉のある部屋で、床に腰を落とし、山と積まれた海狸《ボーブル》の毛皮を念入りに選《え》り分ける。

毛並みの艶の良《よ》し悪《あ》し。傷の有無。一枚の長さが六つ七つの子供の身の丈ぐらいある。貴族たちが所領地の住民から税として徴収し商人に買い取らせたものと、猟師から直接買い取ったものがある。向かい合ったヘルガは枚数を数える。二十枚——銀五グリヴナに相当する——を一山にする。

ヘルガは思う。六年前。公位を剝奪《はくだつ》された父と共にイリイナ通りを行く公子の双眸《そうぼう》には、猛り狂う激情とともに、深い悲愁があった。六年。六枚、七枚、違う。毛皮の数は十一。十二、十三、二十枚で一山にし、また一枚、二枚、と数える。その眼が脳裏によみがえるのだったが。その悲愁が深い湖となってヘルガを誘い入れるのだったが。肉体の痛みとは異なる痛みが胸を締めつけ、水の底に踏み入るように、その中に溺れていたくもあった。のだが。水を弾く剛い毛と柔らかい下毛が二重になった毛皮をヘルガは撫でる。

戦闘の記録を、俺は一切、樹皮に刻まない。

思い出したくなくても、否応《いやおう》なしに記憶は甦る。

敵を一足も踏み入《い》らせるな。ネジャタ殿をはじめ、ヤクン、ミハルコ、ジロスラフ、貴族たちがそれぞれの郎従《ろうじゅう》を率い、ロガフカ通り、プルスカヤ通り、ノヴィンカ通りなどを護った。武装した市民も混じる。公の従士のような専門の訓練を受けてはいない者ばかりだ。道幅の狭い街中《まちなか》である。弓矢も槍も使えない。市民の武器は自前だ。刀剣を調えられず棍棒を持つ者もいた。

ヴォルホフ川を利用して攻め込んでくるであろう敵を上陸させないため、河畔からルサ街道の一帯にも武装した住民たちが待ち構えた。

街中では使えない弓矢が、川船で襲ってくる奴らを着岸させないためには効果がある。だが、使いこなせる住民はほとんどいない。所持する者も少ない。ネジャタ殿とヤクン殿が、弓矢を携《たずさ》えた郎従の一部をまわして寄越《よこ》した。少数だったが。

ソフィア側のリュジン区とネレフスキー区の間に位置するザゴロツキー区は、市場側の二区と同様中立の立場を取ったが、ネレフスキー区の奴らが通過するのは許した。逆らえばザゴロツキー区が擾乱に巻き込まれ殺戮掠奪《さつりくりやくだつ》の場になる。

このような情況は後になって知ったことだ。最中《さなか》にあっては、自分とその周辺の様子しか俺にはわからなかった。

ユーリイと俺は剣を帯び、家の周囲を守備するべく四つ辻で待機した。周りにいるのは近隣の顔見知りばかりだ。護身のためにヘルガにも短剣を渡したが、家の中にいろと、ユーリイと俺は強く言った。

刀剣が行き渡らない下男たちは、薪割りに使う斧だの鉈《なた》だの、鳥獣を解体する刃物だのを手にした。何人かは石を詰めた籠を持って屋根に上った。敵が攻め寄せたら頭上から投擲《とうてき》するためだ。ヴァシリイは戦闘は若い者に任せると言って家に引きこもった。イコン絵師グリゴリーの弟子たちも石を用意し屋根の上で待ち構えた。ステパンもその一人だ。師匠は？　誰かが怒鳴って訊《き》いたら、ステパンは指を下に向け、震えていると仕草で示した。

家の中に一緒に隠れて、と腕を引っぱるニーナをイリヤは抱きしめ口づけしてから、殴りつけんばかりにして、家に追いやった。

ヴォルホフ河畔でどのような戦闘が行われたのか、俺にはわからない。俺が知るのは、防ぎきれなかったということだけだ。川と並行するルサ街道に敵があらわれた。ルサ街道と交差して、尼僧通りを含め七本の通りが東西に延びる。敵は細い列になって進まざるを得ない。通りの両側から迎撃するこっちのほうが有利だった。そう思ったのは擾乱が鎮《しず》まってからだ。目の前の奴を叩き潰さねばこっちが殺される……と怯《おび》える余裕さえなかった。自分が何をしているのかわからず、反射的に体が動いていた。剣を振り回す余地もなく取っ組み合いになる。屋根の上にいる者たちは投石できない。敵と味方が入り乱れ誰に当たるかしれない。

他の通りがどのような状態だったのかわからないが、ヴォルホフ川を利用した敵の人数はそれほど多数ではなかったのだろうと、今になって思う。

しかし、俺は敵の只中《ただなか》に一人いるようで、己の身一つを守る、それしか念頭になかった。視野にあるのは敵の躰《からだ》だけだったような気がする。密集した人間の壁が動いているようでもあった。相手が敵か味方かも見定めがたい。四方から襲われる。剣が受けた衝撃が腕に伝わり、取り落とす。がむしゃらに組みついて相手の武器を奪う。棍棒だが、先端に矢車《やぐるま》状に刃物がつき、密集した争闘ではこれは剣より使いやすく効果があった。地に叩きつけた相手が、俺の足にむしゃぶりつく。その頭を棍棒で殴りつける。足が自由になる。そんなふうに闘ったと思うのだが、明確に憶えてはいない。

何の音とも聞き分けられない騒音の中で、明瞭に、太い声が響いた。

リュジン区の者は家に入れ！

騎馬の一隊が走り込んできた。不規則ではあるが、ほぼ四列。道幅一杯だ。怒鳴っているのは馬上の者だ。目の前の敵を思い切り棍棒でぶん殴り、俺は前庭に逃げこんだ。他の者も手近な家に逃げる。

前庭に見知らぬ奴が混じり込んでいる。敵だ。袋叩きにし、外に放り出す。そいつは騎馬の蹄《ひづめ》にかけられた。

平野での合戦なら、と後になって思った。徒卒《とそつ》が馬を狙い、騎馬の将を倒すこともできるが、狭い街路だ。蹴散らされ馬蹄《ばてい》にかけられ踏みつぶされ追いつめられた。

騎馬隊が駆け抜け、尼僧通り一帯の闘争はひとまず終わった。他の地域の状況はわからないまま、家の中に入りようやく一息つくと、全身が熱い。痛みの塊だ。隠れていた下女たちが飲み物をととのえ、傷の手当てをする。ユーリイの顔は痣《あざ》だらけで、手足に巻かれた布に血が滲《にじ》む。

ヘルガの姿がない。ユーリイと俺は言い合わせたようにヴァシリイの部屋に行った。ヘルガ？ 知らん。知らんぞ。儂《わし》は何も知らん。儂はこの部屋にいた。騒ぎはおさまったようだな。返事はせず、探した。いなかった。

陽が昇るとともに始まった敵の攻撃は、落日とともに止んだ。ネレフスキー区のザハリアに次ぐ大貴族ネレヴィンが重傷を負い、死んだそうだ。

男たちの誰もが何らかの傷を負い、呻《うめ》き声、苦痛を訴える声が屋内に充ちた。無傷なのは家の奥に隠れていたヴァシリイや絵師グリゴリー、そうして最後まで屋根から下りなかった数人――ステパンを含む――ぐらいなものだ。投石係の多くは地上の争闘に加わった。

傍観していた市場側のスラヴェンスキー区とプロトニツキー区が仲介に立ち、一応手打ちとなった。

ザハリアもネレヴィンも葬儀は盛大に荘厳に執り行われた。死んだ奴隷たちはどちらの区も、それぞれの共同墓地に一緒くたに埋められた。その中にボニャクの骸《むくろ》も紛れ込ませてあった、と、これは公表されたのではない、単なる噂だ。市長はひそかに匿っていたものの、そのザハリアが死んだからには、他の者にとっては厄介な存在だ。ゆえに、消した。納得できる説だ。

俺たちにはわからないことだらけだ。有力な大貴族を二人も失い、ネレフスキー区の損害は大きい。ザハリアの息子イヴァンコ、ネレヴィンの息子ザヴィドとガヴリルは、怒りが滾《たぎ》っているだろう。

いろいろと有耶無耶《うやむや》な中で再度民会が開かれ、市長にはリュジン区の大貴族ヤクンが選ばれた。本来ならネジャタ殿が就《つ》いたであろう座だが、ネジャタ殿は戦斧《せんぷ》で胸を強打され、医者の診断では肋《あばら》の骨が折れたということだ。金属の防具は役に立たなかった。医者は懇切に診察し、咀嚼《そしやく》も困難な状態のネジャタ殿に豆をたっぷり食べさせたそうだ。腹の中にガスが溜まって膨らみ、折れた骨を押し戻し、本来あるべき形状を取り戻させるということだが、効果は現れず、呻吟《しんぎん》しているらしい。

擾乱の最中《さなか》を、人々を馬蹄にかけ走り抜けた、あの騎馬隊は素人の市民ではない。従士隊だ。率いたのはあの公子であったという、それも、噂だ。他国との戦争なら従士隊が活躍するが、市民の争いに公の従士が出動することはない。スヴャトスラフ公も出兵はしなかった。公子は噂を否定しているそうだ。

……らしい。……そうだ。俺が知ることはすべて又聞きだが、あれはあの公子以外には考えられない。

娘がザハリアを刺した理由はいまだに不明瞭だ。どんな事情があろうと、市長を刺殺した、それだけで充分絞首刑に値する。

騒擾《そうじよう》が鎮まった後も噂は飛び交っている。娘の父親はトルジョークの僻村《へきそん》の農夫だった。代官ボニャクの馬を盗んだとして逮捕され、ひどい拷問を受けた。真犯人がみつかり、父親は釈放されたが身動きもできない状態にあり、荷車に乗せて家に帰る途中、死んだ。ボニャクは補償するどころか、騒ぐなら反逆罪で家族全員を処刑すると言った。娘は市長に直訴《じきそ》したが、会うことすらできず追い返された。

如何にもありげな、そんな事情が言い広められている。

反論する声もある。ただの一刺しで急所を突いたのだぞ。よほどの手練《てだ》れでなくてはできぬ技《わざ》だ。一介の農夫の娘には無理だ。本当にあの娘がやったのか。誰かを生贄《いけにえ》にしなくてはおさまらないから、罪もない小娘を犠牲にしたのではないか。

噂の一つに、刺殺に成功した娘がすぐに逮捕され処刑されたのは、背後の教唆者《きょうさしゃ》に裏切られたのだ、という説がある。教唆した者のところに逃げこめば保護してもらえる。そう娘は信じていた。教唆者は娘を捕縛し、喋れない状態にして処刑させた。

誰が唆したのだ。ネジャタ殿ではないと俺は思う。民会の趨勢《すうせい》は、開かれる前からすでに明らかだった。決を採れば市長交替、公の退位は間違いない。ザハリア暗殺は不要だ。

他の区の貴族たちや富裕層にしても、ザハリアを抹殺せねばならない理由は俺には思い当たらない。トルジョークのチェレンシチ村に行って調べれば何かわかることがあるかもしれないが、そこまでするほどの興味もない。素人でも、たまたま急所を刺すのに成功した。そんなところだろう。

俺の斜向《はすむ》かいで、ヘルガは毛皮を数えている。

何人もの奴隷が負傷した、とヘルガは思う。労働できないほどの傷害を負った奴隷を、格安な値でヴァシリイは奴隷商人に売り、身体の健全な奴隷を買い取った。イリヤは左腕が動かなくなったので、売られた。商人はイリヤにヴォルホフ川急流の船曳き人足になることを勧めた。片腕が利かなくても足腰が頑丈なら務《つと》まる。しかも奴隷ではなくなる。自由民だぜ。イリヤは承知し、ニーナも共に去った。商人は幾許《いくばく》かの仲介料を人足頭《にんそくがしら》から受け取るのだろう。満足に働けない奴隷を養う寛大な主《あるじ》はいないのだと、ヘルガは知った。

ヘルガは痩せた、と俺は思う。いっとき、まともな食を摂れなかったからだ。左の頬に刀傷を受けたために口を開けられず、声を出すだけで激痛が走るので、小さく喘《あえ》いでいた。医者——幸い、ネジヤタ殿を診《み》たのとは別のだ——は、薬草の煮汁に蜂蜜を混ぜたものを飲ませ、夜明けに摘み取った薔薇の花びらを傷口におけと指示した。薔薇はすぐれた徳性を持つというのだが、あいにく季節外れだ。酒に浸した布をあてよ。この指示は適切だったようで傷口は化膿せずにすんだ。化膿するのはよいことだ、という医者もいる。化膿は傷を癒やすのに必要な洗浄作用を持つという。何が正しいのかわかりようもないが、膿まないほうが早く癒えると俺は思う。傷痕は、ステパンのヘルガへの関心を失わせた。

手は毛皮を数えながら、ヘルガは思う。家の中に隠れていろと、ユーリイとマトヴェイは強く言った。ヘルガはそれに従ったが、家の中は外より危険な場所であった。体臭でわかった。近づいてくる。ユーリイの目がない。それとなく遮るマトヴェイもいない。ヘルガは外に逃げた。ヴァシリイは家の外までは追ってこなかった。

柵の外では、人々が揉みあっている。その中に、ユーリイとマトヴェイが見え隠れする。ユーリイが敵に取り囲まれている。思わず路に走り出た。手が短剣を抜いていた。ぎしぎしと群がる人々の間を、短剣を振り回しながらユーリイに近づこうとする。体のどこかに衝撃を受ける。髪を掴《つか》まれ、引き倒される。相手の脚を斬り払う。髪が自由になる。

自分がどういう状態にあったのか。周りは？　情景がまるで浮かばない。

眼だけが、脳裏にある。あの公子だと、どうしてわかったのか。六年前に一度見ただけなのに。そうして、あのときの眼とは、まったく違っていたのに。騎馬隊は公子とその従士隊だと後から噂を聞いた。わたしは直感していた、とヘルガは思う。騎馬の男たちは、左手で手綱を操り、右手は剣を振り上げていた。兜《かぶと》が眉を隠し、鼻梁《びりよう》を隠していた。両眼と頬、顎、唇。露出していたのはそれだけだった。それだけでも、ヘルガにはわかった。胸の中に冷え冷えとした塊が生じた。その後のことを、ヘルガは明瞭に思い出せない。リュジン区の者は家に入れ！　その声は聞いた。馬蹄にかけられまいとする人波に巻き込まれた。頬に傷を受けたのがその前か最中か、憶えがない。

騎馬隊の指揮をとる若い男の眼は、傲慢であり冷酷であった。

束縛呪縛から解き放たれた。いま、毛皮を数えながら、ヘルガはそう明瞭に自覚する。俺は見る。

ヘルガの表情が静かにやわらいでゆく。

アグネに、わたしは言ったっけ。あんたは自分の見たいものを見ているの。わたしを掴んで引きずり込んだ公子の眼。深い悲愁。違う。わたしは自分を見ていた。白樺の黄金の空に鏤《ちりば》められた青は、水鏡にひとしかった。

俺は見た。ヘルガの眦からくちびるの際までの細い筋に沿って、光が流れた。

毛皮をそっと撫でながら、このボーブルたち、とヘルガは言った。生きていたかっただろうね。

18

一年ぶりに会った瞬間、アグネは思わず手を自分の頬にあてた。痛みは、胸に生じた。ヘルガは笑顔を見せた。

ゴート商館における取引の通訳の仕事を終え二人だけの自由な時間を得ると、ヘルガはアグネを白樺の林に誘った。小型の琴《グースリ》をヘルガは携えていた。

根方に腰を落とした。梢のやわらかい葉は鈴のようにそよぐ。淡い緑の光が二人の上に流れる。

「これが、ヘルガの取り分」

銀マルクの入った小さい革袋をアグネはヘルガに渡した。事情はすでにアグネから聞いている。二人の楽しい遊びが商売になるということに、ヘルガはなんだか新鮮な驚きをおぼえたのだった。

「このやり方、だれも辛い思いはしないよね」ヘルガが言うと、「一番儲《もう》けているのは、ヒルデグントだよ」アグネは苦笑を見せた。「これが商売になるなんて、わたし、考えもしなかった」

そして、「わたし思いついたんだけど」アグネの声が少し弾《はず》んだ。「ヘルガもこっちで同じことをやったらどうだろ。今までどおりノヴゴロドの言葉を先において、リューベックの言葉と読み方を書くの」

「でたらめな順番じゃなく、規則正しくね」

「こっちの人、便利で欲しがると思う」

「マトヴェイとユーリイに仲間になってもらおう」ヘルガの声も明るんだ。

「原本は羊皮紙に書くといいよ。長持ちする」

「そうね。写したい人は、羊皮紙なり樹皮なり、自前で調える」

「ヒルデグントみたいにそれでぼろ儲けはしないのね」

「最初の羊皮紙代を賄《まかな》えるぐらいの利がでればいい」

ヴァシリイは抜きだ、とヘルガは思う。ヴァシリイが知ったら、ヒルデグントと同じことを考えるだろう。

いつだったか、アグネは言った。ヘルガが見る海を、見る。今は、アグネが見る〈外〉を、わたしが見る。

「エギルとの結婚、無効になったよ」アグネは告げた。「父さんの寄付が効いた。だけど、それは……」声が沈む。

琴を膝におき、「誰でも、フェンリルだよ」ヘルガは言った。擾乱の光景を弦の奏でる音色でヘルガは和らげる。消しきることはできない。

「みんな、なるんだよ。フェンリルはわたしだけじゃない」

わたしのフェンリルは、はるかに残虐なフェンリル――群れなのか、輪郭も定かではないほどの巨獣なのか――の中に溶け消えてしまった。小さいのがまだ、わたしの中に棲みついているかもしれない。けれど、わたしは制御する。

ヘルガは思い返す。毛皮を数えながら、呪縛から自らを解き放ったと自覚したとき。頰の細い痕が静かに濡れてゆくのを感じた。同時に、からだの中にやさしさが充ち、ヘルガが知る言葉では言いあらわせない感覚に溶けいるように感じた。マトヴェイの視線とヘルガは一つの流れにつながった。安らぎ。許し。慈しみ。それらの言葉を超えた感覚は、マトヴェイの存在から生じたのか。違う、とヘルガは思う。マトヴェイもその感覚の中にいた。マトヴェイとわたしは、言いようのない、限りなくやさしい〈何か〉の中にいた。

ヘルガの指が青く翳《かげ》る。

錯覚だろうか。あの若い公子の眼に自身の内部を投影させていたように。

肉体の激痛が、癒えた後はあのときは辛かったと思うだけで肉体にそれが蘇ることはないように、あの感覚――感覚とは違うのだけれど適切な言葉がない――は蘇らない。琴が奏でる音色と、幾らか共通している？　いいえ。何にもなぞらえることはできない。

一度だけ。でも、確実に存在した。

「その音色、いいね」

アグネの声音に、ヘルガは手を止めた。

「アグネ、何か鬱屈《うつくつ》している？」

「わかる？」

「何となく」

「鬱屈っていうほどじゃないけど」間をおいて、「その音色にあわないこと」アグネは言った。

「聞くよ」ヘルガはグースリを傍らにおいた。

「逆だったらね、たぶん、何も問題ないの」

「逆って、アグネとわたし？」

「カルルとわたし」

「どういうことだろ」

カルルがね、とアグネは言った。「一緒になろうって」

「マトヴェイを好きだったんじゃないの、アグネ」

「マトヴェイの髪の色が好き。でも、あの人、ちょっと怕《こわ》い」

「マトヴェイが怕い？」

「わたし、カルルを嫌いじゃない。むしろ、好き。だけどね、むずかしい」

逆なら何も問題ないという言葉の意味を、ヘルガは即座に理解した。ゴットランドに住む娘とリューベックの交易商人が結婚するのなら。娘は夫とともにリューベックに行き、彼の家に住む。夫は船に乗り、女は家にとどまる。仕来《しきた》りどおりに。

「カルルはリューベック大嫌いだしね」アグネは続けた。「ヒルデグントは女でも海を渡る交易商人をやっているけれど、夫が死んだから後を引き継いだので、あの海難がなかったら、ヒルデグント自身が乗り出すことはなかった」

わたしは、とアグネは言った。「今の仕事を続けたいの。でも、それって、わたしは誰とも一緒になれないってことなんだ」

即答できなかったが、考えながらヘルガは言った。

「一緒に船に乗って、一緒に商売する相手に遇《あ》えるといいね」

「そして両方とも相手を好きになる。難しいな。あり得ない」

わたしね、好きな相手と決まった形に縛られなくてもいいと思うんだ。ヘルガは、それを声には出さなかった。雪が消え、白樺の梢が翡翠《ひすい》色になる下で、ヘルガとマトヴェイはおのずと一つのからだになった。主教の祝福も踊りや手拍子による承認もないけれど、空から注ぐ光の中にいた。緑が濃さをましたとき、ヘルガは腹部に小さい痛みをおぼえ、少し出血した。それが何であったのか、ヘルガは知識を持たない。

「断《ことわ》ると、カルルとこれまでみたいに楽しく過ごせないだろうな」

でも、断るよ、とアグネは言い、「そしてね」と続けた。「ヒルデグントがわたしを養女にするって」

「嬉しくないみたいな顔ね」

「リューベックに行ってすぐの頃なら何もわからなかったけど、ヒルデグントの養女になることは……」

ドイツ商人団の人数が増えたでしょ、とアグネは言った。

「去年の倍ぐらい増えたね」

その分、ゴットランド商人は減った、とヘルガも思い当たる。商館も、名前はゴートだけれどドイツ商人に占められてきている。

「ヴィスビューに定住するドイツ商人も多くなった。ヴィスビューにもともと住んでいるゴットランドの商人たちとは別に、集落を作っているの」

リューベックの街のめざましい発展ぶりをアグネは語った。他の土地から移住してくる人が多いし、いろんな仕事の人がいるし、大きい船が造られていくし。「でも、わたし、ゴットランドを出たけれど」

根はゴットランドにある。

島の農民たち――オーラヴの一族やソルゲルの一族のような――は、二重に排されている。ドイツ商人はヴィスビューの商人を押しのけるが、そのヴィスビューの豪商たちから農民は排されている、とヘルガも思う。

「わたしを養女にすること、オルデリヒも受け容れているけど、ヒルデグントの死んだ夫の身内が反対しているの。財産の問題が絡んでくるから。相続とか。ヒルデグントが夫の遺産を相続するとき、夫の身内にも分けたから、もうその人たちが口を出す権利はないってヒルデグントは言っているけど」

「アグネの立場が強くなるのはいいと思うよ。でないと、そういう連中は、ヒルデグントがいなくなったら、アグネを追い出しかねない」

「そうだね。いやなことを一杯抱えて、それでも潰れないやり方を選ばなくてはならないんだ」

アグネは自分を説得しているように見えた。

言いあらわせない、けれど在《あ》る無限の何かは、いつも存在しているのかもしれない。感受する、しないにかかわらず。白樺の梢を透す青い光の中で、ヘルガはそう思う。外にも自分の中にも醜《しゅう》が在るけれど、あの存在の中で生きているのだと思うと、耐えられる。アグネにそれを伝える言葉はない。

白樺の林に、海が重なる。

四十年余の歳月を経た後の海である。百年前であろうと百年後であろうと、海は変わらない。多くの死と多くの生を包含して、海は、在りつづける。

風も、変わらない。風によって海は相《すがた》を変える。

海と風を利用して進むドイツ商人団とその荷を積載したコッゲ船の数は、年ごとに増える。

海が、風の穏やかさ、激しさを、船体に伝える。

ヴィスビューから出航しノヴゴロドを目指す船団は、ネヴァ川河口のコトリン島にまず着岸し、旅の間の統率者となる〈長老〉を選ぶ。川船に荷を積み替え、ネヴァ川を遡《さかのぼ》り、ラドガ湖を渡る。ドイツ商人たちは湖畔に港を構築し、その近くに教会と墓地を造り始めている。さらにヴォルホフ川を遡上し、船曳きの力を借りて急流を越える。

その船に、アグネは乗っていない。

ゴート商館では手狭《てぜま》になり、ドイツ商人団は、スラヴェンスキー区の市場に近接する一郭に商館と教会を築いた。商館は木造だが、教会は堅牢な石造りである。教会の名に因《ちな》んで商館は〈聖ペーターの館〉と呼ばれる。ドイツ商人団は、初夏に訪れ秋に去る夏期商人と、秋に訪れ商館で冬を過ごし春の雪解けと共に去る冬期商人の二団体から成るほどに拡充された。

ノヴゴロドの公は頻繁に変わるが、交易はそれに関わりなく賑わう。

商館で交渉するノヴゴロドの商人たちの中に、ヘルガはすでにいない。ヴァシリイは当然のこと、ユーリイもいない。マトヴェイもいない。六十を過ぎてなお生きる者は多くはない。ユーリイは家柄のつり合った商人の娘と結婚し、生まれた息子がイヴァン商人団の一員となっている。ドイツ商人たちはノヴゴロドの言葉を若いうちから学ぶ。そのとき有用な二国の文字を記した羊皮紙の写本の、最初の制作者がだれであるか、知る者はいない。

髪が半ば銀色になったアグネは、海を見下ろす丘の中腹に立つ。長途の船旅は最早《もはや》できないと思ったとき、アグネはリューベックにある資産をすべて売り払い、ゴットランドの農地を買った。両親はもちろん、兄エギルもいない。エギルは結婚し、その相手もすでにいないが、息子たちが土地を相続した。アグネが買い取ったのは、その一部だ。

鎌の刃のように湾曲した浜が見渡せる。右手に目をやればヴィスビューの港が見下ろせる。家々は、二つの集落にわかれている。ゴットランドの商人たちが昔から住んでいる場所と、新しく定住したドイツ商人たちの居住部分だ。桟橋《さんばし》は頑丈になった。

浜の南端は聳《そび》える断崖に断ち切られる。

海鳥の産卵期だ。一端を懸崖《けんがい》の上に、もう一方の端を腰に結んだ長い綱を頼みに男たちが、岩棚の巣を探り卵や羽毛を集めている。光の縞《しま》が空を裂く。海鳥だ。

十二歳のアグネの傍らに、十五歳のヘルガが立つ。この光景が珍しいようで熱心に眺めている。幼いアグネは嬉しくなる。

「海になりたい」

十五歳のヘルガが呟《つぶや》く。

髪が半ば銀色になったアグネは、隣に立つのがカルルだと気づくだろう。四十年余の歳月を経て、アグネより年上の親しい者はカルル一人になっているだろう。カルルは妻に先立たれ、息子たちやその子供たちと賑やかに暮らしているだろう。

白樺の林が重なる。

二十《はたち》のアグネと三つ年上のヘルガは、白樺の根方に腰を落としている。梢のやわらかい葉が鈴のようにそよぐ。淡い緑が二人の上に流れる。光の中で、二人はそっと肩を寄せる。

お力添えくださいました日本ハンザ史研究会の先生方のご厚情に深謝いたします。

先生方から懇切なご教示をいただき、ご研究の論文もご恵与いただきました。

小澤実先生、小野寺利行先生、柏倉知秀先生、菊池雄太先生、成川岳大先生。ありがとうございました。

とりわけ菊池雄太先生には、ひとかたならぬお世話になりました。作者の幼稚な質問にも丁寧に対応していただき、資料となる海外の書籍もご紹介くださった上、ご専門外の事項に関しては、それぞれの専門の先生方に訊ねる労をとってくださり、先生方はその一つ一つに詳細に応じてくださいました。

ノヴゴロドに関しては、専門とされる小野寺利行先生から貴重なご教示、ご助言を賜りました。

先生方は、確証の有無も明確にご指示くださったのですが、物語を進める上で、実証されていないこともあたかも事実であるかのように記しております。私の無知による誤りもおかしているかと思います。その責めはすべて作者にあります。

また、決闘裁判に関しては、山内進先生の『決闘裁判——ヨーロッパ法精神の原風景』から多くを学んでおります。

学恩を賜りました先生方に深くお礼を申し上げます。

穂村弘さん、マライ・メントラインさんには、帯に過分なお言葉をいただきました。過褒で面映ゆいのですが、若い方々に共感をもって読んでいただけたのは、たいそう嬉しいことでした。

そうして、ブック・デザインと装画を担当してくださったお二人。柳川貴代さんと伊豫田晃一さん。本文の内容を的確で鮮烈な形にしていただき、喜んでおります。

最後に、歩行の困難な作者に代わってゴットランド島まで取材の旅をし、現地でなくては入手できない資料をととのえ、多くの写真を撮ってきてくださり、連載中も力強く伴走してくださった担当編集者岩﨑奈菜さん。ありがとうございます、心から。

二〇二三年四月

皆川博子

主要参考資料

『ハンザ 12-17世紀』フィリップ・ドランジェ　高橋理［監訳］
奥村優子＋小澤実＋小野寺利行＋柏倉知秀＋高橋陽子＋谷澤毅［共訳］　みすず書房
『ハンザ「同盟」の歴史――中世ヨーロッパの都市と商業』高橋理　創元社（創元世界史ライブラリー）
『ヴァイキングの歴史――実力と友情の社会』熊野聰　創元社（創元世界史ライブラリー）
『ヴァイキングの暮らしと文化』レジス・ボワイエ　熊野聰［監修］　持田智子［訳］　白水社
『ヴァイキング・サガ』ルードルフ・プェルトナー　木村寿夫［訳］　法政大学出版局（りぶらりあ選書）
『ヨーロッパの北の海――北海・バルト海の歴史』デヴィド・カービー＋メルヤ-リーサ・ヒンカネン
玉木俊明＋牧野正憲＋谷澤毅＋根本聡＋柏倉知秀［共訳］　刀水書房
『北海・バルト海の商業世界』斯波照雄＋玉木俊明［編］　悠書館
『図説　中世ヨーロッパの商人』菊池雄太［編著］
小澤実＋小野寺利行＋柏倉知秀＋斯波照雄＋谷澤毅＋徳橋曜＋花田洋一郎［著］　河出書房新社
『決闘裁判――ヨーロッパ法精神の原風景』山内進　講談社（講談社現代新書）
『中世ヨーロッパの文化』ハラルド・クラインシュミット　藤原保明［訳］　法政大学出版局
（叢書・ウニベルシタス）
『西洋中世の女たち』エーディト・エンネン　阿部謹也＋泉眞樹子［共訳］　人文書院
『中世低地ドイツ語』藤代幸一＋檜枝陽一郎＋山口春樹　大学書林
『ロシア史1　9世紀～17世紀』（世界歴史大系）田中陽兒＋倉持俊一＋和田春樹［編］　山川出版社
『ロシア中世都市の政治世界――都市国家ノヴゴロドの群像』松木栄三　彩流社

『白樺の手紙を送りました――ロシア中世都市の歴史と日常生活』Ｖ・Ｌ・ヤーニン
　松木栄三＋三浦清美［共訳］　山川出版社
『ロシアのホロープ』石戸谷重郎　大明堂
『中世ハンザ都市のすがた――コグ船と商人』ハインツ＝ヨアヒム・ドレーガー　中島大輔［訳］　朝日出版社
「北ドイツ都市と地域性のダイナミズム――ハンザの系譜と「北方性」」　菊池雄太
　（「比較都市史研究」37巻１・２号）
「貨幣史の中のハンザと北海・バルト海交易――現段階の研究水準に基づく試論」菊池雄太
　（「立教經濟學研究」72巻４号）
「中世ノヴゴロドのハンザ商館における生活規範」小野寺利行（「比較都市史研究」30巻１号）
「14世紀後半ハンザ都市リューベックの穀物貿易」柏倉知秀（「社会経済史学」84巻４号）

Hanse illustrated. An Entertaining Journey into the Hanse Era, Heinz-Joachim Draeger, Boyens
Lübeck Illustrated. Experience History in an Old City, Heinz-Joachim Draeger, Boyens
DIE HANSE : Das europäische Handelsnetzwerk zwischen Brügge und Novgorod
　R.Hammel-Kiesow, M.Puhle, S.Wittenburg, Theiss
Gotländska: fiskelägen och strandbodar, Agneta Larsson & Lennart Nilsson, Votum

＊

バルト海・北海地図：前掲『ハンザ　12-17世紀』*40*ページ「ハンザ都市と神聖ローマ帝国外のハンザ商館」から作成。
作図・小野寺美恵。
ノヴゴロド周辺図：マーチン・ギルバート　木村汎［監訳］　菅野敏子［訳］『ロシア歴史地図　紀元前８００年〜１９９３年』
（東洋書林）26ページ「キエフ・ルーシの分裂：１０５４-１２３８年」から作成。
ノヴゴロド市内図：前掲『図説　中世ヨーロッパの商人』27ページ「ノヴゴロド（10〜14世紀）」から作成。

引用出典一覧

「海の聲」
伊良子清白『孔雀船』岩波文庫
「酩酊船」
アルチュウル・ランボオ　小林秀雄［訳］『ランボオ詩集』創元社
「サルマチアの時」
ヨハネス・ボブロフスキー　神品芳夫［訳］『ボブロフスキー詩集』（双書・20世紀の詩人）小沢書店
「可怜小汀」
蒲原有明『定本蒲原有明全詩集』河出書房
『ファウスト』
ヨハン・ヴォルフガング・フォン・ゲーテ　森鷗外［訳］『名詩名譯』
（日夏耿之介＋鈴木信太郎＋石川道雄＋神西清［鑑選］）創元社
「静かな時」
ライネル・マリア・リルケ　西條八十［訳］『西條八十全集 第五巻 訳詩』国書刊行会
「グロデク」
ゲオルク・トラークル　杉岡幸徳［訳］『ゲオルク・トラークル、詩人の誕生』鳥影社
「織師の唄」
カルメン・シルヴ　西條八十［訳］『西條八十全集 第五巻 訳詩』国書刊行会
「夜の夏」

イヴ・ボンヌフォア　宮川淳［訳］『Y・ボンヌフォア詩集／附詩論』思潮社
「みんな夢雪割草が咲いたのね」
三橋鷹女『三橋鷹女全集 第一巻』立風書房
「死について誇張せずに」
ヴィスワヴァ・シンボルスカ　沼野充義［訳］『瞬間』未知谷
「風」
クリスティナ・ジョージナ・ロセティ　西條八十［訳］『西條八十全集 第五巻 訳詩』国書刊行会
「最後の詩　VI　簡単な臨終」
ジュウル・ラフォルグ　吉田健一［訳］『ラフォルグ抄』講談社文芸文庫
『沈黙の世界』
マックス・ピカート　佐野利勝［訳］みすず書房

皆川博子（みながわ・ひろこ）

一九三〇年生まれ。七二年『海と十字架』でデビュー。七三年「アルカディアの夏」で小説現代新人賞を受賞後、ミステリ、幻想小説、時代小説、歴史小説等、幅広いジャンルで創作を続ける。八五年『壁——旅芝居殺人事件』で日本推理作家協会賞、八六年『恋紅』で直木賞、九〇年『薔薇忌』で柴田錬三郎賞、九八年『死の泉』で吉川英治文学賞、二〇一二年『開かせていただき光栄です』で本格ミステリ大賞、同年日本ミステリー文学大賞、二二年『インタヴュー・ウィズ・ザ・プリズナー』で毎日芸術賞を受賞。一五年文化功労者。

初出

本書は「文藝」二〇二二年春季号から二三年春季号に五回にわたり連載された作品を、加筆・修正の上、単行本化したものです。

風《ふう》配《はい》図《ず》

WIND ROSE

二〇二三年五月二〇日 初版印刷
二〇二三年五月三〇日 初版発行

著者 皆川博子
発行者 小野寺優
発行所 株式会社河出書房新社
〒一五一―〇〇五一 東京都渋谷区千駄ヶ谷二―三二―二
電話 〇三―三四〇四―一二〇一（営業）
〇三―三四〇四―八六一一（編集）
https://www.kawade.co.jp/

装幀 柳川貴代（Fragment）
装画 伊豫田晃一
本文組版 株式会社キャップス
印刷 三松堂株式会社
製本 大口製本印刷株式会社

Printed in Japan
ISBN978-4-309-03108-8